去

刘立云
著

百花洲文艺出版社
BAIHUAZHOU LITERATURE AND ART PRESS

图书在版编目（CIP）数据

去风中听万马奔腾 / 刘立云著. — 南昌：百花洲文艺出版社, 2023.11
ISBN 978-7-5500-4790-7

Ⅰ. ①去… Ⅱ. ①刘… Ⅲ. ①诗集 – 中国 – 当代Ⅳ. ①I227

中国国家版本馆CIP数据核字（2023）第103481号

去风中听万马奔腾
QU FENG ZHONG TING WANMA-BENTENG

刘立云 著

出 版 人	陈　波	
责任编辑	刘　云	
书籍设计	方　方	
制　　作	何　丹	
出版发行	百花洲文艺出版社	
社　　址	南昌市红谷滩区世贸路898号博能中心一期A座20楼	
邮　　编	330038	
经　　销	全国新华书店	
印　　刷	湖北金港彩印有限公司	
开　　本	889mm×1194mm　1/32　印张 15.375	
版　　次	2023年11月第1版	
印　　次	2023年11月第1次印刷	
字　　数	322千字	
书　　号	ISBN 978-7-5500-4790-7	
定　　价	69.80元	

赣版权登字：05-2023-134
版权所有，盗版必究

邮购联系　0791-86895108
网　　址　http://www.bhzwy.com
图书若有印装错误，影响阅读，可向承印厂联系调换。

目　录

第一辑
～

黑罂粟

黑罂粟

如果你的嘴唇有幸和它相触
你是无辜的
穿过旧梦你将看见它大朵大朵的花冠
在天空下缓缓开放
遮天蔽地！如缓缓展开的云团
缓缓展开的墨渍和火焰

多么美丽而辉煌的瞬间！
它来自若干年前
我们反反复复咀嚼过的
某一段场景——

那时候我们正迎着雷雨
在一片开阔地里狂奔
棱角分明的脸上涂满夜色
我们已无暇旁顾；只顾得
把一茎草含在口中
让四肢火一样地燃烧
又火一样地漫向对岸
当我被一声闷响猝然绊倒
猛一抬头
才看见那隐形的花，沉迷的花
正在对岸的枪口上

扩张成最后一片幻象

进而我飘向高空
仿佛一刹那走完人生的四季
从云层里俯瞰这大地
我发现我的和许许多多的面孔
在山坡上迷迷蒙蒙闪耀
安闲且肃穆
像那花浮映在水里的倒影

……现在你看见了这朵花吗
你看见了它长卵形的叶子和叶子边缘
那锋利如锯齿般的缺刻吗
现在是秋天，花朵已枯萎
它美丽的萼片已像痂壳般脱落
现在这花就悬垂在我的头顶
它抱紧的根茎纵横交错
正河流一样流淌在我的脉管里

幸福是忧郁的，哀伤也忧郁
当我依恃这片花朵
沉入黑暗，然后长醉不醒
忘却一片疼痛……

然而你们！你们这些

活着，而且清楚地知道疼痛的人
你们这些整日迷恋于花丛的人
请从我的身边走开！就留下这片花朵
醉我永不愈合的伤口

1990年4月15日　北京

回　答

我从未想到过和它遭遇
只因它在我故乡踩下的脚印
残忍而深刻
多少年了，那儿的土地
至今一片血色
那儿的老人夜不能寐
梦里依然听见一片密集的枪声

它是一眼深不可测的井呵
井里漂满死水
爬满阴森可怖的苔藓
如果你不慎跌落
你就会成为井底永远的婴儿
那是任何高耸的石碑
都无法打捞的

但我是士兵，是那种
唯一能让脚踝长出根须的人
即使把我播进泥土
我也会翻身而起
高举那条不屈的断臂
让它在风里雨里旷世的寂寞里
开出最美的花朵

同时我又是一个男孩的父亲

他天性尚武

一支枪的构造早在摇晃的童车上

就熟悉得让人心惊

我知道我一旦倒下

许多年后又会有一条好汉

踩着我的足迹

喋血出征

何况我还是个诗人

那种爬行类动物

假如我的手不沾几点鲜血

又怎能明白

我的诗，曾丢失什么

因此我不去蹈火

——谁去？

战争！你这身披黑袍的恶魔

现在请看着我的前额

那儿宽阔饱满，洁白若雪

如同一只熟透的石榴

然后你来吧，来吧，来吧

假如你失手把它打开

从那里炸裂的

是一颗颗晶莹剔透的颗粒

1990年4月22日　蓟门桥

受阅的女兵走过大街

刹那间，所有的瞳仁
放大着同一幅速写——
两个女兵
两个刚受阅的女兵
走过中国的大街

披肩发在风中轻扬
像一匹瀑布在无声地流泻
阳光镀亮了肩上的盾牌
两片缀着军徽的衣领
翻飞出两只剽悍的蝴蝶
而一串电子琴般的音乐
来自敲打水泥板的
那一双喀喀作响的军靴

就这样走着，走着
走向一个最古老的职业
让所有最孟浪的男性
让所有最骄傲的女性
猛然察觉自身的失重
在心灵的最深处
曝出一隅苍白的残缺

兴许，也有人发现

她们的脚步是仓促的

决非以十八岁的骄傲

在大街上踱蹀……

（呵，在亚热带丛林里

和她们一样美丽的同伴

正用生命和鲜血

在包扎一条破碎的边界）

两个女兵

两个刚受阅的女兵

走过中国的大街

把一个年轻而冷峻的话题

留给人们去咀嚼……

1984年9月30日　北京

仰望故乡

在这样的夜晚我们常常彻夜奔走
从来都裸着双脚，放肆地
踩向草丛，踩向沼泽
记忆中的每一只脚印
都蓄满春天的温情

或者我们在静静地游动
给偷食谷粒的野兽
布置下一些陷阱
我们是至高无上的
即使走过最恐怖的森林
也从不用担心有隐蔽的枪口
突然袭击我们
我们只是在猎枪偶尔哑火的时候
把枪管掉转过来
才闻到点火药的滋味

在这样的夜晚我们总这样奔走
凭几句乡音就能敲开
任何一道柴门
在亮如琥珀的松明火里
我们大碗喝酒
我们和衣而睡

我们的汗臭与狐臊彼此缠绕

走过山坳则是另外一种情形
走过山坳我们会像
仰望太阳那样，昂起头颅
看青青碑石在月光下闪烁
那儿住着我们的先人

生在故乡、死在故乡、埋在故乡
永远听庄稼生长的声音
那是多么快乐
许多年后看见我们土豆般的子孙
在我们身边割草、放牧
然后口含手指目光凝睇地
阅读我们爬满青苔的名字
那又是多么快乐

1988年10月15日　北京

雨　中

夏季雨又开始扫荡树林
果真是铜墙铁壁天网恢恢
那风声、雷声
扶摇树干的断裂之声
犹如一千架一万架钢琴
轰然倒塌

于恢恢天网中
我们背靠背坐着
如同那些岩石
阴沉且肃穆
听任箭镞一样冰冷的雨点
在雨布上暴虐地冲撞
然后以河流的走向
深入我们的骨髓

夏季的远方你们在海滨
在城市的冷饮店里，在
透明洁净的落地钢窗后面
该用怎样的目光
欣赏这雨呢？

雨久久下着我们久久捱着

逐渐感到我们的脚趾

正根一样地伸进泥土

树叶从每一个骨节绽开

我们唯一能做到的

即是想像某一种相近的物质

明天将会以怎样的速度和角度

从火光中飞来

撞响我们的皮肤

1989年7月28日　　北京

食 指

隐形的杀手
暗藏的机关
埋伏在我用右手挖掘的
另一条战壕里
拇指是它的掩体

那道门打开在对面那座山上
那道门就是你自己
你看不见它
因门开着，里外一片灿烂
你就在这片灿烂里倾听
阳光、雨水、季节
那道门开着，同时你也醒着

但你那道门的唯一一把钥匙
正握在我手中

这你早已察觉
所以你每天小心翼翼地移动门板
护住它真实的锁孔
你想让门永远洞开

门开着你就总是醒着

就总坐在阳光里

——阳光是你的食粮啊

阳光也是我的食粮

借它的照耀

我们都还想走更远的路

但总有一天我会转动钥匙打开机关

然后砰的一声

猝然扼死你的阳光

或者你砰的一声

把我的门关上

让我沉入

永远的黑暗

1990年4月27日　北京

对 手

一分分一秒秒一天天

你穿过那条峡谷

又在寻找你的对手

每天每天，太阳落下又升起

夜色照常循着太阳的踪迹

擦去它每一只脚印

而你臂弯下的草类，蛰伏整整一冬

早蜷缩着爬过你的脸颊

长满你的眼睛

之后你头顶的树叶纷纷飘落

把你和你的掩体

铺盖得天衣无缝

一分分一秒秒一天天

你就与青草和落叶相依

冷静而又执着

如同泥土下醒着的亡灵

你的对手却始终没有出现

他秋叶簇拥的栖地无声无息

就像一块毫无知觉的岩石

一幅框死的画

忽然你看见了那道白光

一闪即逝；于是你漂亮的额角

便传来一阵彻骨的寒冷

仿佛跌进一颗雨滴

（当时一只蚂蚁正爬过你的枪管

它泰然自若的样子

让你勃然大怒

你就咬牙切齿地回过手来

想扼它于爬行之中

但你最后真正扼死的

却不是那只蚂蚁）

——那只蚂蚁

现在它依然在你的枪管上

蠕动、蠕动、蠕动……

1989年7月19日　北京

啸　声

惊心动魄！那声音从云霄里传来
从地心深处喷射而出
携带火的岩浆，火的灼烫
尖利的嘶鸣穿透岩层
飞一天一地的铁翅与赤焰

深陷于火的峰峦那是什么滋味？
仿佛世界集所有的雷霆，所有的强震
轰击你；肢解你；毁灭你
使你感到一千把利刃正探入颅顶
然后那颅顶就像一只浑圆的瓜那样
破　碎　了

就听见骨折的声音，血喷的声音
一条断腿碾过碎玻璃的声音
经久不息！忽又戛然而止
就如同那条腿终于走完了它的行程
进而销声匿迹
走失在感官无力到达的地方

凯旋之日
当他们从军乐队前走过
看见军车下缓缓浮起一片铜号

都以为那是正在阳光下盛开着的

一片金灿灿的喇叭花

而他们结茧的耳朵里

至今一片寂静

1990年4月27日　北京

飞越黄昏

黄昏已属于我们
当炮火轰轰爆炸；血的喷泉
于你挥手之间
照亮我狂浪汹涌的道路

这是成熟的季节收获的季节
山野一片呼啸
我扑入火海，看见在暮色里飞扬的
每一根发丝
都结满金灿灿的麦粒

因而我学着父亲的样子
劈开双腿，用手中的枪
刈割得欢快又狂放
那一片片密集而蜂拥的麦秆
竟没有一棵
漏过我所撒开的扇面

哦后来那是一把什么样的镰刀
突然碰上我的脖颈
发出一种比音乐更动听的声音
于是我的手握紧那盏断穗
缓缓划过高空

缓缓在那片宝蓝色的土地上

撒下一把烧焦的麦种

那时你抬起头颅

看见繁星满天

1990年4月21日　北京

幸存者

被火焰燃烧过被硝烟釉化过的
你那张脸
从此是一块粗糙的石头

当然还有一些血渍
如大理石冲积而成的暗影
模糊难辨
以至谁也认不出它们
流自哪一条脉络

从此你走进人群
眼睛神奇莫测
漂浮一种哲人的肃穆
从此你总独自喃喃
满口鸟语
凝重得让人心跳
寂静的夜晚，当人们蓦然回首
看见你裸露的胸膛斑斑驳驳
刻满陌生人的姓名

从此你再也不会笑
从此你再也不会哭
从此你的胸膛天宇浩荡，碧波万顷

什么样的雷霆什么样的风暴
都无力撞沉
那只心形的船

幸存者，从此你活在世上
是一面移动着的孤独的
帆

1990年4月16日　北京

麻栗坡

这长麻也长栗的山坡
什么时候
生长出这么多的石碑？
夜，从此体无完肤
裸出一山的磷火
这磷火长年不熄，夜夜不灭
雨飘来它们在雨里燃烧
雪铺来它们在雪上跳跃
从不向白日蔓延

从火里浮现出的那一张张
油画般充满质感的面孔
是谁？他们操着各自的方言
恪守着同一座村庄的戒律
每当黄昏降临，黑暗逼近
他们便跨出各自的门槛
端坐在自己门前，看山、看水
看悬在头顶的满天星光
等待一双熟悉而温暖的手
雪花般地
飘落在他们冰冷的额上

（那时，当你从山坡下走过

听见的是一支在满山回鸣的

烧焦的军歌……）

这长麻也长栗的山坡

这插根筷子也能长出绿叶的土地呵

从此将用什么颜色

来显示你青黄交错的季节？

1990年4月28日　北京

望归者

夜来香如期蔓延之时
烛光涂红四壁；还有管弦
奏缠绕的小夜曲如泣如诉
在一阵阵快乐的呻吟中
天使开始降临……

夜梦总被寂静惊醒
泪痕在眼角已裂为冰川
此时墙上的钟酣睡如死去的猫
时间的耗子在地板上
窜来窜去
你打开灯搜遍房间的每一个角落
才发现微微掀动门帘的
是午夜的风

还有敲门的声音
你盼它更恨它
那些陌生的嘴唇翕动如河蚌
吐出滚烫的泥沙
你盼望的是水呀，甜蜜的流水
哪怕恣意汪洋，大浪滔天
封闭起所有的道路
你害怕在沙漠里渴死

终于你收拢翅膀

转身，重重地摔门而出

星光和月光都踩在脚下

后来你独立在路口

痴痴地凝望满街雷同的面孔

在眼前飘来飘去，飘来飘去

噢！望归者望归者

望断南飞雁望断天涯路望穿秋水

终不言不语，不懊不悔

直到哀乐四起大雪纷飞

你依然关闭心中的墓穴

拒绝让他下葬

1989年8月　北京

牧　歌

让我们围成一圈
用残损的手
像抚开水中的落叶那样
抚开那些青草

再看一眼远山吧
——我们战斗过的地方
那儿夕阳西沉，淤血和黄昏
正隐隐融为一色
晚风吹响一片呜咽
如泣如诉，如吹箫之人
沉沉弄哭的一腔乡怨
那儿你们踩倒的花朵还完美如初
明天将以新的姿色
宣布它们的艳丽
而花朵下折断的枪和刺刀
再也抽不出芽来

更远的地方有你们的果园和麦地
一片金黄，飘满甜酒的芳香
当一阵秋风吹过四野
吹动
你们母亲弯腰拾穗的衣襟

那熟悉的麦芒、尖锐的麦芒
又将怎样
刺痛她的手指呢?

还有那些青草!那些
岁岁枯荣又年年梦回的青草
枕着它们入睡
从此后谁还能安眠?

哦兄弟,闭上你的眼睛
月黑风高
让我们带你回家!

1990年4月15日　北京

石匠们

蜷蹲在山坡上
用锤子敲打着錾子
这时就有一片白雾
缠绕在他们的头上和身上
让你分不清他们像石料
还是石料就是他们

现在他们已移到山的这边
山的那边是他们发表的作品
他们的作品是一座座石屋
石屋排列得整齐而肃穆
远远看去
像大寨的梯田
一层层地叠向山顶

山这边的灌木刚刚砍去
劈出的空地像将开挖的屋基那样
划出一些雷同的条条块块
他们接着又在这条条块块上
建筑起一座座石屋
他们每建起一座石屋
都把门先留着
待一些脚步走进去之后

再把门轻轻关上

他们就这样錾着　錾着
直到绿毛茸茸的苔藓
爬上那些人的
嘴唇……

1987年4月4日　云南新街

隔墙的声音

回家的路已经迷失
红土用温暖的植被覆盖起士兵
如同地膜覆盖起越冬的种子

那些士兵里有我
有我熟悉和不熟悉的许多面孔
我不知道我怎样来到这里
只知道我的颅顶，我的胸腔
还脆嫩得像抽穗的麦秆
使所有走过这里的人
都听得见拔节的声音

最难耐的是寂寞
天空用一千种一万种版式
排印出一千种一万种版本的
百年孤独。千年孤独。万年孤独
也被我们读得纸页翻卷
读得铅字脱落如雨
黑色就这样一年又一年地
漫过岁月……

但我坚信能找到同伴
就像坚信石碑终不会沉默

每当太阳落下叹声响起

我就擂响墙壁

大声呼喊——

"隔壁有人吗？"

1987年4月10日　云南新街

节日的夜晚

当你们同那些鸽子，那些谷穗
那些裹大汗巾戴八角帽的熟悉面孔
终于拥坐在一起的时候
广场上已星光灿烂
那些彻夜不眠的人们
正从四面八方围拢过来
眼里充满泪水

你们却疲惫至极
双眼再也不想睁开
你们满身泥泞，衣襟褴褛
胸膛上布满闪光的镜子
你们实在走得太远又太累哟
现在只想坐在这里
静静的，用星光和雨水
洗干净那些日子

可这时所有的灯都打开了
灯光炽热而耀眼
满城的人都围过来了
他们沉默着，并且都低下头颅
你们说：回去吧回去吧
　　回去给快要渴死的花

多浇些水；为正在疯长的庄稼

拔去那些稗草

这就已经足足够够了啊

但人们却听不进这些劝说

他们的固执和虔诚

让你们无可奈何

此刻铜号嘶鸣

鲜花在你们的脚底堆成

厚厚的积雪

你们茫然四顾

拼命地跺动双脚

你们说：人们啊人们啊

难道你们就忍心

让我们再一次被冻僵？……

1990年8月　北京

第二辑 ～

红 色 沼 泽

极地狂奔

谷地如悬河，高悬于
青草之上，和我的额顶之上
河水哗哗从我的胸腔流过

投入河中我从未想到
我的名字我的梦幻
和我所有的允诺
都已交付给对岸的那只眼睛
投入河中我只想到
收割的季节已经来临
河的对岸
有我的一片成熟的麦地
投入河中我把枪
兴奋地握在手里
犹如捕猎的爱斯基摩人
兴奋地握着鱼叉

因而当一颗种子
无声地点破我的皮肤
我只感到从未有过的一阵轻松
于是我便自由地坠落
如一片雪花
快乐地被土地融化

（而那颗种子，那颗种子

从此再也不会发芽）

从河谷重新站立之时

我看见河水已退去

干涸的河床上布满陶片和鱼骨

和一些与盔钉与紫缨与花翎

纠缠不清的化石

我踩着一河石子继续走去

此刻已星汉灿烂

我和满天的星斗

彼此照耀

那岸是永远不可企及了

尽管岸上有许多温柔的手臂

正向我抛撒花瓣

1989年1月11日　北京

红色沼泽

真正的跋涉
来自爆炸后的冲击
从断崖到断崖
是一片红色沼泽

我深陷其中
并且闻见了死水的气息
在那阵啸音响过之后
我的手和脚和身体的其他部位
犹如鞭炮炸开后的碎片
纷　纷　扬　扬
飘落在沼泽地里

（同胞们搀扶着走过
谁也认不出我的脚印）

我就忠实地留在这里
怅望这山，怅望这崖
怅望这波动如红潮的泥沼
我知道这里的第一蓬绿草
必定会疯狂地长自
我的骨节

1987年4月11日　云南新街

山林之子

这声音响起的时候
你正在山林里奔跑
山林静若古刹
树木密密麻麻光一样射向天空
你从这棵树后跑向那棵树后
那些蠓虫和飘落的花瓣
静静地飞在你身上
落在你身上

听见这声音时你停止奔跑
伫立在林间静静倾听
你这就听出是电锯的声音
并且想起伐木的季节已经到来
以至闻见那种相失已久的
新鲜树脂的香味

……后来
你从一座野战医院的手术台上
坐了起来
你蓦然发现刚才所经历的一切
只不过是一场梦
你到过的那座山上
既没有树木也没有花瓣

只有一柱柱的火焰

从野草密布的土地上

喷射而起

而一棵大树

却是真真实实被伐倒了啊

现在这棵大树就倒在你的身边

那飘着树脂香味的树墩

还留在你的胯下

……

1989年2月13日　166次列车上

雨季已过

战争庞大的胴体
因阳光的照耀
而溃成泥泞

……雨季已过……

现在，我们这群
同岩壁，同沙袋一道
被霉点爬过的哺乳动物
又被阳光的铲刀
一点点发掘
临潼兵马俑般地
横陈在朝阳的战壕里

现在，我们已像剥笋一样
把自己剥成一个
粉嫩而白皙的芯子
粉嫩而白皙的芯子晾在战壕里
一动不动一动不动
像钻出冬天的蛇

天很深沉地蓝下去
阳光在暖暖地照着

微风把一片深颜色的草丛

撩拨得渐渐激动起来

我们这时才发现

自己原本都是些

挺不错的男人

忽然有人笑了

说假如突然飞来一发炮弹

或者战壕突然崩塌

把我们土葬在这里

亿万斯年风化成岩石之后

一旦被考古学家发掘

必定又是一个轰动世界的

什么什么之谜

1987年2月16日　北太平庄

啊，阳光！阳光！

阳光，这曾让我们忧伤的东西
现在像火焰，像花朵
像透明无尘的海水
温暖我们，簇拥我们，抚爱我们
突然间我们欢呼雀跃欣喜若狂
疯成你怀里一个快乐的婴儿

我们是赤身裸体来到这世界的
降临的时刻，阳光
你用温馨的手掌洗涤我们、抚慰我们
才使得我们没有像一滴雨水
被荒雪淹没，被寒冷冻结
才让我们像树一样疯长，鸟一样疾飞。
我们是幸运的，因为有你
总在头顶燃烧、照射、飘落……

想起那些阴暗的日子，阳光
我们无法不流泪
那时我们被炮火逼进一个溶洞
唯有雾来缠我们，霉来爬我们
死神猩红的舌头来舔我们
我们连嘴唇也锈死了
敲响每一块岩壁，都打不开你

阳光，这总让我们高兴的物质

现在你一掷千金，慷慨得

就像万能的施主，无边的福音

可我们一无所求，只要求你的照耀啊

只要你照耀，我们就能用残损的手

重新建筑居所，开垦田园，播撒谷物

把庄稼一直种到世界的边缘

走在阳光里，我们睁不开眼睛

我们只想呼喊——

你好呵大地！你好呵河流！你好呵村庄！

你好呵云彩！你好呵鸟群！你好呵天空！

你好呵——我万劫不复的太阳！……

哦，阳光！阳光！阳光！……

1989年3月16日　北京

遥远的黄金麦地

他忽然从轮椅上抬起头来
说：
"琼，我看见你了。"

那个叫琼的姑娘
就这样一步一步向他走近
一种草叶倒伏
微风在乔其纱套裙上
荡起水波的声音
缓　慢　传　来

声音消失
他感到头颅被一双手
很亲切很熟悉地抱紧
感到有两片嘴唇
在他眼睛的绷带上狂吻
（似乎还有两点水珠
温暖地滴落在他的手背上）

他忽然想起了什么
于是便触电般地把她推开
——那情景就像炮弹落下的瞬间
他突然推开那个

愣怔在开阔地上的新兵——

他说：
"琼，别这样，别这样
天，就要下雨了。"
（其实太阳刚刚升起
琼就放开双手
莫名其妙地望着他）

一阵微风吹了过来
他蓦然感到有把柔软的镰刀
割草般地把他割进一片
丰腴而富有弹性的黄金麦地
他就又闻见了从麦地里飘出的那股
甜蜜而诱人的乳味……

（当时所有的人都看见了
他偎依在那片黄金麦地的姿势
真像个温顺的孩子）

1987年4月14日　云南新街

雨天，狙击手

多雨的夏季
你在城市的大街上行走
就像一片树叶或者一只蚂蚁
在枯黄的原野上移动

雨水淅淅沥沥飘落
那些镶在花花绿绿雨衣里的影子
匆匆走来又匆匆走去
还有楼群、塔吊、街头雕塑
和闪闪烁烁的霓虹灯光
都朦胧在一片雾里
如南方的某一片风景

在那片风景里你卧了很久很久
你的脚下拥满积水
你卧过的地方被蚯蚓一次次翻晒
又被碧草一次次封盖
那些碧草却怎么也封盖不住
你歪歪扭扭刻在枪托上的
那一串形体相似的名字

这样你就换了一种表情
这样你的四肢你的血脉

就有一种被什么贯通的感觉

你右边的眼睛粲然放光

光点总聚焦在那些花花绿绿雨衣的

第二与第三粒纽扣之间

现在你依然在大街上行走

雨水依然淅淅沥沥飘落

没有人发现埋伏在你右臂下的那根

手指，正在悄悄弯曲

并微微颤抖……

1989年1月16日　北京

咖啡馆轶事

黄头发的法国人理查德·克莱德曼的手指
总把咖啡馆的情调
弄得无比忧郁
那曲子说秋天在窃窃私语
红叶飘落的小路上
正响彻情人们沙沙的足音

其实秋天早已到来
漫山的叶子已经悄悄落尽
这没错。我们就是三片落叶
从同一座山上飘落
又一同飘落在这间咖啡馆里
有谁计算过从离去到归来
我们失踪了多少日期?

还是那支关于秋天的曲子
还是那张临窗的开满红山茶的餐桌
老板娘还那样年轻而漂亮
只是时间在她曲线毕露的肌肤上
更换了另一种妆饰

三个人围拢的桌面
端放着四杯浓浓的咖啡

咖啡已经加得很满了
咖啡热气腾腾
腾腾热气升起又落下
如那一山的硝烟喷起又飘散
最终冷却成一片苔藓

秋天是一个多么复杂的季节！

走过秋天我们便同秋天一样浓烈
又一样地默默无语
看见那杯再也无人端起的咖啡
我们谁也说不出
——味道好极了

1989年1月18日　北京

一个伤兵对腿的怀念

市声噪起
他总喜欢趴在窗台上
看那些城市的腿
那些男人的腿和女人的腿
从暖色的光斑里
匆匆移动

夏天已经来临
腿们欢快地裸露着
洁白颀长
如白杨树干般地
撑起裙裤或者泳装
行进时像纷落的雨点
在光滑的水泥路面腾跃碰溅
他常常为这些腿
为这些腿行走的姿势
和噼噼啪啪踩响的声音
激动得热泪盈眶

现在正是清早
洒水车的铃声露珠般滚过
水龙头撒开的扇面里
无数条腿纷至沓来

踩起一片水花

他记得他的腿也曾这样
噼噼啪啪地踩过田埂
记得草尖在裸露的脚板
扎起的那种麻麻酥酥的快感
以至每每想起这种情景
那空空荡荡的裤管里
依然奇痒而难忍……

1987年4月13日　云南新街

安全门

现在
让我来讲一个幸存者的故事——

在往北飞的机舱里
他是我的邻座
他目光黯淡且忧郁
身子习惯地保持着弯曲的姿势
他摘下胸前的勋章塞进
座舱的果皮袋里
然后便叹气，然后便说：
"只留下这一块就足够了。"

说这话时他下意识地触了触脸部
我知道他又想起了刚才的事情

……第五次经过安全门时
报警器依然怪叫如兽
恐惧自候机厅雪白的墙壁
重新蔓延开来

他惊惶地踅转身了
缓缓地脱去最后一件上衣
他感到他裸露的肌体

再次被弹片击中
于日光灯旋转之间
他发现自己再次倒在高地
以至伤口汩汩的泉声
还如此亲近而清晰

（躁声。有纷沓的脚步
从四处匆匆射来）

这时他忽然想起了什么
脸开始很痛苦地抽搐起来
于是他抓起那只手
顺嘴角铁器划开的暗沟
轻轻摸下去，摸下去
然后轻抚
然后骤停
然后就感觉到这只冰凉的手
突然发潮，发热
并且渐渐传来那种触电般的
颤抖……

第六次通过安全门时
候机厅里所有的眼睛
都向他施以深深的
注　目　礼

1987年5月30日　北太平庄

失　调

黄昏降临
你席地而坐
夜色如同浮土般地沉落下来
这时候你同橱窗里的泥俑
和酒柜上的陶马
便被温暖地淹没

窗外喇叭声远去
隔壁的门铃声远去
楼顶的脚步声如浮响在地表的
那种恍若隔世的蜥蜴爬动的声音
这时候你便很亲切地闻见
温馨的土味和咸涩的汗味
看见许多许多的面影
从苍茫的夜壁上浮突出来
感觉许多许多的热气
在温柔地飘动，沉重地碰撞
热气弥漫的土墙上
爬满男人的名字

这情景已无数次出现
又反复被寂静惊醒
你依然坐在地板上

同那些泥俑，那些陶马

保持同一种姿势

下班归来的妻子拉亮电灯

总看见你和那些泥俑，那些陶马

一样地泪流满面

1988年12月27日　北京

墓地故事

铁锹翻开这里时
土里曾渗出红红的鲜血
头颅点播在这里时
坡上便疯长出沉默的石头
你说，这些都是你亲眼看见的

于是有列队报数的声音
有脚步纷沓而来的声音
有枪托弹袋碰击水壶的声音
有树干断裂骨节增生的声音
你说，这些都是你亲耳听见的

沉默……

你说，是的是的
你认识他们的每张面孔
你叫得应他们的每个名字
他们每夜都会来和你攀谈
还会大笑着端起酒碗
和你碰杯

你们没闻见浓烈的酒味吗？

于是我们都低下头去
拼命地抽动着鼻翼
于是就闻出了泥味，闻出了草味
闻出了随点点青草长出的
那种散发着汗味与血味的

人味……

1987年2月26日　　北京

风 景

从南方出发
你走了很远很远的路
然后坐在门口那块坐大你的山石上
晒太阳

远方是寂静的田野和河流
淡蓝的雾如烟如梦
如袅袅飘散的歌的余音
大路上叮叮当当传来了
牛车的铜铃声

一群孩子从屋里涌出来
欢乐如一群飞出窠巢的鸟儿
走在最后面那个
最小的
孩子，突然一个趔趄
摔倒在你的脚下
你弯腰去搀扶
那孩子却双手撑地站了起来
头也不回地
走开了

你就静静地看着那个最小的孩子

他走路俯冲的姿势

和摔倒再爬起时的倔强

让你想起在这门前走过并且也曾

摔倒过的

另一个孩子，这孩子是你

这时候孩子们开始攀缘一棵古树

古树上满是你的指纹

大一些的孩子转眼攀上了树梢

再散往四处伸开的树杈

一个个如结在树上的果实

唯有那个曾经跌倒的孩子

像一只胖胖的面对井壁的青蛙

他怎么爬也爬不上古树

那孩子后来实在爬不动了

便返身坐在门口的那块山石上

呼呼喘气

那孩子怎么也不会知道

此刻，他正坐在你的怀里

1989年2月10日　北京至上海第85次列车

红 钟

红钟敲响
榴弹自山脊依次炸开
弥漫开来的已不是硝烟

沉睡者们惊醒
各自拍去红泥
拍去草屑
接着便开始寻找枪和子弹
有人发现一些部位失踪了
断裂处竟没有鲜血渗出
若訇然打碎的石膏模型
还有朝夕相处的同伴
正从四面八方向这里走来
再以石头的形象重新编队
只是再也没有人端来血酒
再也没有手与手相握的
那种温热
那种颤抖……

但他们依旧秩序井然
依旧姿容整肃而气宇轩昂
或端枪奔跑
或蜷卧待命

随夜之海水潮涨潮落……

红钟敲响

战争每天都在复演!

1988年2月18日　北京

迷 墙

一

刚刚爬上海岸
我就曾来到这里
我穴居过的地方
即是时间穴居过的地方
这地方洼谷沉落、峰峦跌宕
地壳展开若天空的背影
绿色如大块大块涂料
涂满它的脊背和腹部
所有伸向天空的树枝
都是我的手臂

我像熟悉自己的指纹那样
熟悉这里的山川、河流
这里的溶洞、岩洞和风蚀洞
以及刻在岩壁上的那些
阿尔塔米拉野牛般的岩画
只是那野牛刚刚刻上岩壁
便掉头冲将下来
它吼声如雷，蹄落如雨
让雪白的刀刃饱饮腥腥之血
——我的灵魂在火焰里颤抖——

当我们退向悬崖尽头

便开始以酣睡的姿势

深入岩层

我是谁？

我们是谁？

请扒开岩石里的灰烬

自己去寻找吧

那儿有我煨下的一颗栗子

这栗子色泽如初，坚硬如初

世界上至今还未长出

嗑开它的牙齿

二

那么，让我们走吧

你看这天有多蓝

你看这草有多绿

天的颜色与草的颜色

斑斓成你们皮肤的颜色

那是远古苔藓的颜色

你们就是一片片苔藓

蜷卧于地，蛰伏于地

生长着自己的季节

现在正是四月

而四月正是换装的季节

衣袖油亮的老兵气宇轩昂

胸前的勋章撞响岩石的声音

新兵总是怯生生地行走

领口下粘着凋谢的花瓣

因而我无需向导

我从人们的脸上

寻找道路的走向

现在正是四月

四月是最残酷的季节

我读懂四月是在叩开门环的时候

这里的门环在一片山坡上

山坡上红土漫漫，白光灼灼

太阳一如从前。阳光的鸦群

沉落在人工种植的石林里

石林的叶片已经脱落

脱落的叶片堆积在红土上

一片辉煌，金灿灿的

此刻，雨季已经来临

土地正进入发情季节

雨水涤尽叶脉之后，开始摇动

深埋在土里的欲望

于是野草疯长

每一棵野草之下

都埋伏着一只
枯如空巢的眼睛

走啊，走啊
再往前走
你就会融化在草丛里

三

你在下棋
你在同自己下棋

棋子们蜷卧如兽
圆睁着黄蜂的复眼
于寂静中迂回、腾跃、穿插
明修栈道而暗度陈仓
——棋盘上杀机四伏——
最顽强的是最前沿的士兵
他们负载着最原始的兵器
单兵作战而腹背受敌
充当马前卒的角色
最凶狠的也是最前沿的士兵
现在依然是四月
他们小心翼翼地渡过界河
然后左冲，然后右突
饮弹者默然倒在草丛
幸存者长驱直入

直到把趾高气扬的将帅

逼入四面楚歌的困境

你在下棋

你沉着冷静洞若观火

动作潇洒且凶狠

时而用左手杀死右手

时而用右手杀死左手

你的手却滴血不沾

你常常闭眼沉思，让棋子们

在势均力敌的格局中

静卧，以作稍稍喘息

这很像爱非斯城邦的智者

在死亡的岸边对弈

告诉我，你的对手是谁？

你在下棋，棋也在下你

哦，我见过这副棋盘

它起伏在军部的一张长条桌上

棋盘上假山林立，假山上

密布着红红蓝蓝的标号

红红蓝蓝的箭头预示着

某种隐蔽而锋锐的意象

形势正值中盘

战线正犬牙交错地拉开
棋盘上危机四伏

你在下棋，棋也在下你
哦，我见过你的面影
你的面影有如模具铸出的泥俑
浮突在假山下的某一个洞穴里
你的洞穴面对另一个洞穴
两个洞穴遥遥相望
如同一条街道隔开的
两家小店铺

你早就见过了那位伙计
他弯腰、驼背、颧骨凸突
满脸菜色而精如灵猴
夜里常发出磨牙的声音
他当然也早见过了你
知道你短髭丛生，眼红如炬
额头上刻满高原的风痕
你们每天都在抢占同一座山头
这山头就是狙击枪瞄准镜里
那个漂亮的坐标

告诉我，你的对手是谁？

哦，上帝
哪里是天堂？
哪里是地狱？
天空与地狱之门
原来就是横在你我手上的
那五根栅栏

四

缓缓的，湿湿的，浓浓的
最慷慨也最轻浮的
总是那些四处飘荡的雾

当天与地张开失血的嘴唇
白色的雾便像一头
被猎人追进洞穴的野兽
它悠闲地踅转身子伸展爪子
在潮湿斑驳的洞壁上
咻咻地擦着蓬乱的背脊
然后伸出湿热的舌头
耐心而轻柔地舔着
那些流血和不流血的伤口

这时你总点燃一根红烛
烛光如豆，把你蜷曲的影子
豹皮般地钉在流泪的墙壁上
这时你总在你的隐秘之处

扯起一根琴弦，弦上牵扯着

一串串看不见也摸不着的音符

这就像孩子们在上生物课时

用瓶子装着一群蝌蚪

这群蝌蚪找不见妈妈

它们的妈妈是一只从水里跳出

再也没有回去寻找孩子的青蛙

蝌蚪们就在水里浮游、冲撞

动作笨拙而狂悍

它们都想跳跃上岸

去寻找温暖的巢穴

白雾终日不散

你就终日在朦胧的烛光里

重复着这一残忍的游戏

白雾终日不散

你就终日不拨动这根琴弦

把音符——那些记忆与冲撞

默默地扼死在寂寞里

你知道你扼住的是一个魔瓶

一旦把瓶盖打开

又会跳出一群扰乱世界的

蝌蚪状的魔鬼

五

终于憋不住了

那位叫雷的汉子

壮喝一声，便用雪亮的手指

把墨色的天空一撕两半

于是雨的散兵蜂拥而至

雨点如踏入麦地的马蹄

树干断裂的声音

尖厉而清脆

这世界是该好好洗洗了

在洞穴里听雨

的的确确别有一番韵味

你斜抱着枪，静静坐着

有如坐在拱形的包厢里

倾听贝多芬的一支什么曲子

你分不清哪是管乐，哪是弦乐

只听见雨点打在波纹钢上

叮叮当当发出金属的声音

就猜想这大概是钢鼓

——钢鼓声久久不息

使你热血沸腾神思飞扬

其实你们就是一面面钢鼓呵

别在世界肥硕的腰节上

世界喘息着，嚎叫着

非洲土人般围着大火旋舞着

雨点在光滑如青铜的鼓面上

溅起一簇簇红色的水花

这时你就能看见那些火光

在静静的水面熊熊燃烧

辉煌如节日的夜景

有人就在这夜景里

跳跃、冲腾、呐喊、啸叫……

然后扑倒，然后抽搐

……鼓声渐渐远去

潮水就这样涌了上来

渐渐淹没了岁月……

这世界是该好好洗洗了

后来就像放映一部默片

你看见群山抖了抖肩胛

天空便化雪般地坍塌下来

你依然坐着，就像坐在

一列轰轰隆隆钻进隧道

而后突然脱去挂钩的闷罐车里

闷罐车久久不动，如沉船

无声无息地沉入深渊

于是你就呐喊，就呼叫

可你呐喊和呼叫的声音

被黑暗宣纸般地吸去
于是你就静静地等待，等待着
皮靴踏响枕木的声音
钉锤敲动钢轨的声音
不知过了多久，你终于听见
风摇动的草声，草拱动的土声
和土里啾啾鸣叫的蟋蟀之声
知道外面的花开了又谢了
雨季过去又来了

现在还是四月
你依然坐着，让雨水
滑过你的锁骨你的腔骨
再聚集在你的膝下，濯你
竹节般的脚踵与脚踝
忽然你感到有一只手臂
慢慢探入你的颅顶
手指执着并且坚韧
你摸索着想把它捉住
却发现你的手已永永远远地
锈蚀在时间的锁孔里

哦，这世界，这世界……

六

你走了许多许多的路

终于在道路开始的地方
找到了你居住的小屋
你的小屋漂亮又精致
你的小屋同别人的小屋
层层叠叠，排列得错落有序
而且门前有花，院后有草
屋顶上落满阳光的金箔
这让我想起刚在上海看过的
那些红砖绿瓦的新村

我没有跨过你的门槛
没有掏出名片什么的
说我是从远方赶来看你的
你似乎对我的到来
并不感兴趣
因为你门窗紧闭，帘帷低垂
我猜想你一定是在酣睡

你睡得好死哟
竟忘了给门前的花浇水
让它们枯死在雨水里
你睡得好死哟，你睡下
就再也没有醒来
你把睡下的时间刻在门板上
你就用这扇门板

把我和我们永远推在
阳光和月光之下

哦确实，我穿得过岁月
却怎么也穿不过这堵
雨水和泥土构筑的迷墙

因而我就这样离你而去了
我也只能这样离你而去
让我们把谜面
都留给后人去翻吧
这就像把酒窖在地下
年代愈是久远
便会愈浓烈愈香醇
愈韵味深长

况且
每件事情都有一个季节
每个季节都有一个时间
有时间去生，有时间去死
有时间去种植
有时间去挖掘……

1988年11月29日　北太平庄

第三辑

〜

沿 火 焰 上 升

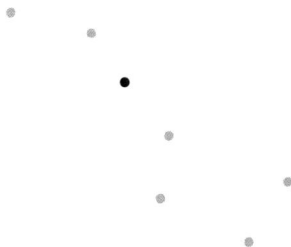

火焰之门

必须俯首倾听！必须登高望远
必须在反复的假想和摹拟中
保持前倾的姿势；必须锋芒内敛
并把手深深插进我祖国的泥土

每天到来的日子是相同的日子
没有任何征兆，呈现出平庸的面孔
而每天磨亮的刀子却荡开亲切的笑容
必须把目光抬升到鹰的高度

然后请燃烧，请蔓延吧，火焰！
让大风从四方吹来，打响尖厉的呼哨
而我就埋伏在你脚下，一种伟大的力
如一张伟大的弓，正被渐渐拉开

那时即使依恃着钢铁，即使依恃着
我身后优美的山川、河流和草原
我也将在火焰中现身，展开我的躯体
就像在大风中展开我们的旗帜

1998年2月18日　北京

梅，或者赞美

我的兄长把手举上天空
我的父亲把手弯下大地
最高处才是我爷爷，他用
一生的力气，把手攥紧
又用一生的力气，把手绽开
梅，是从他骨节粗大的
手掌里，迸出的火焰

我自然还小。我四十岁的手
只配浸在春天的雪水里
慢慢地泡；只配伸进夏天的
烈火中，狠狠地烤
我四十岁，嘿！我还年轻
刚攀到秋天；我的目标
是跑进冬天，接近冰冷的铁

喂，俗不俗啊，还未分出性别
你们就喊他白雪的妹妹！
姓一分温柔，便疑为佳人
着一袭红衣，便忙递殷勤
俗不俗啊，先摸摸他
昂起的脖子吧，在那儿
还挺着个硬硬的喉结呢

正是这样：这就是我的梅！
我兄长的梅！我父亲的梅！
只有我爷爷的梅开过了
开过了他就把自己埋在梅树下
就像那个凶悍的哥萨克
打完仗，带着满身的伤痕归来
然后把枪，扔进静静的顿河

1998年2月28日　北京

新年音乐会

一年从这一场暴风雨开始!

金色大厅。遥远的维也纳
这时鲜艳的玫瑰正堆出世纪的盛典
全世界的思想都安卧梦乡
生命的完整意义只剩下聆听

那么多的鼓,那么多的铜管
还有那么多的穿黑衣的大师
在那么多的手指上,沉思或歌唱
他们是洁净的,儒雅的,昂着
雪白宽大的亚里士多德的额头
仿佛阳光、空气、深刻的海水
正服从着大地的某种意志

音乐打开,像女人打开河流
乌云打开天空,漫山的杜鹃花
打开灼灼光焰,辉煌夺目
耳朵里反复响彻天地的回声
而暴风雨也正好在这时候降临
当我们带着满身的尘土走来
它们是唯一不需要抵抗的

或许我们比想象的比感觉的
还更无力，就像菲薄而易碎的瓷器
你快看哪！那么多的烟囱，那么多
不洁的水源和有毒的元素，经过我们的
呼吸，在我们的肺叶上熏出污渍
多么渴望这一场雨的洗涤呵，然后
在黑暗的肉体里，点燃起一盏灯

啊啊，倾听着，我们是有福的
穿越光斑闪烁的长廊，先知们
就如同慈父，正向我们敞开怀抱
而当你举手致敬，那是谁涉水
而来，胸前捧着大把大把花束？
那又是谁站在河的对岸，向你招手
当你认出他时，忍不住热泪盈眶？

假如你两眼昏茫，在这一天你将清明
假如你心怀伤痕，在这一天你将闭合
假如在这一天死去，你将被一只
会唱歌的蜜蜂，收藏起尸骨
然后携带你去飞翔

1998年1月8日　北京

重工业舞蹈

钢架的屋顶上一个冬天都在下雪
飞鸟冻死在觅食的路上
我开天车的妹妹说
大雪已扑灭最后的两行脚印
我们恐惧的豹
原形毕露
正趴在车间的窗棂上咆哮
机器们像一群冻僵的羊

据说如果我们一个人
将是一匹凶猛的狼
如果我们两个人
便是两只撕不开的猫
现在我们一群人把车间都挤肿了
钢铁的钱箱早被赤字掏空
速度和效率无家可归
就像两个孤儿，在我们
看不见的地方流浪

谁在飕飕寒风中哆嗦？
谁面对生锈的齿轮
喑哑的马达，在悲声中朗读
哈姆雷特一生的名言？

大雪还在下，还在下呵

我们恐惧的豹

原形毕露

正趴在车间的窗棂上咆哮

这就是说，寒冬已把最后的战壕

挖到我们窗前

——生存，还是毁灭？——

这来自地狱的声音

有如一只漆黑的乌鸦

开始在我们头顶

聒噪，和盘旋……

那么投入战争吧！

既然退路已被切断

死亡正降临，与其

就这样束手就擒

倒不如挺起我们的胸膛

去殊死一搏！（就像

我们的父辈，抡起大刀

高唱着：用我们的血肉

筑成我们新的长城

向鬼子们的头上砍去）

那么组织突围吧！

让我们兵分两路：

留一路誓死坚守战壕

继续点燃烽烟，重新组合起

最有效、最猛烈的火力

把寒冷和饥饿，从钢铁的内部

逼出，挤出，赶出

而另一路则化整为零

把求生的脚印，撒向

闹市；撒向田园

撒向任何一个

能开启河流，复活春色

的地方（就像当年大部队

被打散了，我们钻进青纱帐

重新组织游击队）

这就是举步蹒跚的重工业

给我们带来的难以

承受之重呵

这就是重工业舞蹈

当我们跳跃，你将听见

许多人在咻咻喘息

有如一头头困兽

在笨重地撞击栅栏

当然，承诺是没有的

结论也暂时没有

虽然有那么一点无奈

有那么一点残酷

但钢架的屋顶上一个冬天

都在下雪

飞鸟冻死在觅食的路上

我们恐惧的豹

原形毕露

正趴在车间的窗棂上咆哮

而我们唯有厮杀

唯有自己拯救自己

那一大群渐渐冻僵的机器

才有可能重新流出

最新鲜的血来……

1998年1月18日　北京

黄土黄

黄土的色泽，一如画盘的涂料
直到黄进史册，黄上
我们先祖的皮肤、骨骼、牙齿
和隐伏在皮肤下匆匆流淌的血脉
我们就在这血脉里漂浮

而今黄土对于我们，已如同
一支歌谣。一个比时间更古老的词语
一条在挣扎中凝固的河流。一声号子
一块被大水漂白的先人的遗骨
无论走到哪里，我们味觉灵敏的舌头
都能觉出那种新鲜泥土的腥味

兴许我们本来就是一种胎生植物
站在岁月的枝头，空凝望它塬上的花阵
噢，我十七岁的母亲正是簪着这样的野花
从村东嫁到村西，然后成为我
生长和行走的，另一片土地
还有我从未出生的女儿
她干净美丽，有一支唢呐
早等待在山道上迎接她的婚期

而我的父亲，我的兄弟

我身在南方和北方的情人
甚至卧于骊山的始皇，沉溺于汨罗的屈子
我们生生不息，仿佛那只杜鹃
总在那棵看不见的大树上啼鸣

黄土黄啊！我只能这样歌唱
那咚咚的鼓声，滚滚的烟尘
正在我赤裸的膝盖下蔓延、奔涌
我知道不管我们站着还是躺倒
和你
都是一种与生俱来的缘分

1991年10月2日　北京

泰山登顶

让我们学会爱惜山顶上的石头
学会爱惜在石头中漂流的
三叶草和海贝

山顶上斗转星移，海枯石烂
汉朝的花在石头上
刚刚开过，唐朝的草又长起来了
时光是一匹跑不死的马

不信现在就让我们开始攀登
用一千年攀上南天门
又用一千年攀上玉皇顶

接着让我们坐下来
再用一千年，把我们所知道的那些
皇帝的名字，和大师的名字
狠狠地刻进石头中去

这时候大风就吹过来了
大风吹过
那些皇帝的名字和大师的名字
转眼被吹得无影无踪

还是坐在石头上说些什么吧
登山的男人和女人！
这时候点名道姓或者指桑骂槐
石头都会为我们
守口如瓶

1999年9月19日　北京中关村

去雪地走走

下雪的日子。也就是说
又一个冬天已经来临
这有多美！雪落在树上
落在金黄色的富丽堂皇的琉璃瓦上
落在路上、桥上、鸟儿的翅膀上
哪位大师能有这般豪情
漫天泼墨，只草草几笔
即把世界勾勒成
如此玲珑剔透的一幅国画

下雪的日子，是难得的日子
我们都该去雪地上走走
那时雪落在你的脸上
你的头发上，你的额头上
并且通过它们深入你的肌体
让你被城市淤泥渐渐堵塞的脉络
忽然春水盈盈，绽满
一片一片新鲜的叶子

雪自然都会融化
那是来年的事情，谁也无法挽回
但下雪的时候出去走走
你看见的雪，那是一种暗示

是一只只从天国飞来的蝴蝶

这又有多美！

假如你捉住一只在手

就像捉住一根白发

这时候你兴许会发现

有一种东西，是永远捉不住的

下雪的日子去雪地走走

路是新的，脚印也是新的

只是你走进雪地上得回头看看

你刚刚留下的脚印

什么时候还像从前样清洁

什么时候又变得肮脏不堪

1992年3月13日　北京

走在阳光里

你看见过那只长着三条腿的红鸟
怎样扇动它那双着火的翅膀
噼噼啪啪，让那些叫作阳光的白羽毛
像雪一样飘落吗？

现在多好！现在
所有的门窗都打开了
清纯的风，沿着流淌的血液
渐渐走遍我们身体的每个部位
而天空洁净如洗，天空下的
河流、鸟群和飘荡的柳絮
无边无际涌向远方的花朵
这些新春的嫁娘，季节的公主
它们正盛装打扮，引惹
每一颗心灵，都在莫名地
战栗或恐慌

阳光是一种多么完美的东西
无色、无味、无形、无踪
它们笼盖四野而又温馨如梦
从不为风暴和乌云弯曲
它们仿佛生来就是一群透明的孩子
用赤裸的双脚走路

干净的脚印

永远铺满整个世界

走在阳光里

我顿觉心醉神迷自惭形秽

我知道我早已被污染，年龄的灰尘

落满我的肩头，让我蓬头垢面

而今该挺直脊椎，让垂照的阳光

照进我的心房，我的灵魂

走在阳光里

我訇然感到有一只眼睛

一只神祇般巨大的眼睛

它高高在上

时时令我如芒在背

1992年3月9日　北京

读 鹰

都说死海里有千帆竞发
那么我的船呢？我的帆呢？
什么时候海水已死去
把我扔在这戈壁，扔在这
绿色灭绝的地方，默默地读你

啊鹰！你从远方徐徐飞来
阳光反射着你的羽毛，漆黑如夜
天空难道也充盈一片海域？
波涛翻涌之中，你这孤独的泳者
浑身已缠满云的水草

啊鹰！此刻我看清你的翅膀了
它们霍然展开，像一片扶摇的屋顶
这让我倍感温馨，使雨雪远去
我逃离的那座城市森林密布
而我的屋顶，却总被风暴打碎

那该是什么力量贯注其中，鹰呵
你忽然停在蓝天，如我停在大地
如一枚力拔千钧的钉子，牢牢钉住
轰轰塌陷的穹庐；如一盏灯
可我们微弱的光芒，又能把谁照耀？

鹰呵鹰呵，你那颤抖的指爪
抓疼我了！你一双犀利的眼睛
如明镜高悬，正映出我的怯懦
我四野茫茫，谁还能引领我
走出荒原，去踏平那些荆棘？

鹰呵，鹰呵，我们天上地下
互为影子，又互为镜子
现在请告诉我，到底是
我在读你，还是你在读我呢？

1992年5月6日　新疆归来

月光下的回忆

这夜晚的月光不是贝多芬的月光
也不是李白的月光，哦不是
这夜晚的月光破碎如银箔
清凉如寒水，把我们拥坐的草地
围困成一座孤岛

桨已丢失，船又在哪里？
世界正沉沉酣睡
有哪一条道路
能引渡我们返回故乡？
你说背后的手指呵，那是些
凶猛的荆棘，狰狞的暗礁
最后只剩下时间
它是我们共同的敌人

当然还有头顶的月亮
它像一只迷路的鸟儿
一只被夜露粘住翅膀的蝴蝶
一块浮冰。一朵日渐黯淡的花朵
或者更像一块暗暗陷进你我记忆中的
伤疤；让我们从此痛不欲生
并且一梦百年

曾托举过我们的地方

如今已托举起一座高楼

高楼临街的一扇窗户

夜夜灯火通明

每当我从那儿走过，总看见一位姑娘

对月梳头。那波动的秀发

又总让我想起

这该是我们的女儿

1992年3月7日　北京

坐在一朵花上

拒绝移动！你坐在一朵花上
这该是石榴的花，柑橘的花，荞麦的花
你坐在一朵花上，望着云朵的鳞片
依次闪过，你说你此刻已听见
秋天的果实被粉碎的声音

十二月的风雪还多么遥远
你坐在一朵花上，把十指插进泥土
让它们成为根，像河流一样流淌
进而有雨水来润你，巩固着你的天性
还有那么多的蝶翅，那么多的鸟翼
这时你睁开眼睛
漫天空散布着夺人的芳香

坐在一朵花上，你这天真的人儿
聪颖而任性的人儿，如同坐在一艘船上
幻想着把锚永远抛在春天
这让我开始懂得珍惜，努力学着
如何去爱，以至成全了我
作为一个男人的美德
哦，坐在一朵花上，你就是一朵花

但我的爱人，这已是昨天的事情

你坐在一朵花上，那花坐在我的墙上
当我凝神注视那花，那花中的你
我的眼，便被一片迷雾渐渐笼罩

1992年9月12日　北京

秋风吹过

它们横扫过来，发出呜呜嘶叫
我枝叶繁茂的树木在大风中摇晃
它们没有腿但又像有千万条腿
幕天席地，让你辨不出哪条最真实
哪条是虚无的。它们横扫过来
从我向上攀升的河流里哗哗淌过
把坚硬的砂粒打进我的血液

道路在空中断裂，曾经的光芒
在地底弯曲。我修葺一新的栅栏
轰然倒塌，有如推翻多米诺骨牌
我思想的叶片，智慧的果实，发出
尖叫，像鸟儿一样被大风摘走
我精心开垦的花园，人去楼空
正被一片越来越深的阴影遮盖

其实还不止这些。其实我真正的
劫难，来自我对内心的失守
那时秋天正为我布置盛宴，当我
诉说出心愿，把爱情当作最后的
贡品，那是谁以谎言的刀片
切入骨缝，剔去我生命的黄金？

多么冷酷的偷袭！多么粗野的
消磨和侵蚀。与一场大风搏斗
你无法不城池尽失，又伤痕累累
唯有脚下那片疲惫的土地仍一往情深
而我渐渐枯去的手指，也渐渐摸出
它深藏着的火焰与灰烬的温度

1998年1月2日　北京

过　程

大雁从我虚茫的眼里飞过
流水带走夕阳和落花
也带走我去年的激情
大雁还是去年的那只大雁吗
大雁从我虚茫的眼里飞过
就像光穿过黑夜的玻璃

我始终站在去年的水中
让流水在皮肤上逗留
或者滑动；渐渐迫我晕眩
这种反复无常的媚俗的东西
松散，隐蔽，没有骨头
你总听见它在远处喧哗

现在是冬天。现在的水
开始变黑，并且沿零度下沉
混合着大地的残渣和泡沫
还有人类最丑恶的部分
一点点光泽也没有
现在的水，它还是水吗

流水把自己带进深渊
但你带不走我

1998年1月2日　北京

灵　眸

那时候我断定你在挣扎

断定你正用两只粉嫩的小手

拼命地扑打海水，同时发出一种

类似被大海撕裂的声音

但红色的海浪汹涌而至

瞬间淹没你小小的头颅

而那时你年轻任性的母亲

就躺在那条旋转颠荡的小船上

仿佛正被一把刀

尖锐而深刻地分解

啊！应该叫漩的小姑娘

你有美丽漂亮的名字

它就像你身体中埋藏的酶

就像淡淡开放的米兰与丁香

或夏日里最后的一朵玫瑰

充满夺人的妩媚

而你的皮肤应该是雨做的

混合南方和北方的芬芳

两只漆黑空灵的眼睛

光芒四射，就像两颗

盈满水分和蜜汁的葡萄

当它们开始闪耀

我敢说天底下所有的男子

都将为你茫然驻足

当然你是不会轻易被捕获的
因为你是一头小鹿，一头
会唱歌、会飞的羚羊
头上长角，只在
光明的顶点跳跃
就像我，宁愿从高处跌落
飘在一片黎明的云彩上
假如你真要恋爱了
果然迷失于自己的一片纯真
一片痴情；到出嫁那天
我要为你盛装打扮
送一个春天当你的嫁妆

但那时候我断定你在挣扎
断定你在拼命地哭喊，拼命地
用两只粉嫩而柔弱的小手
扑打着旋涡和海水
而且那么无助！竟抓不住
我们声嘶力竭的一声声呼唤
这使我们站在岸上的这些
疼你爱你的人，欲哭无泪
以至怀疑在参与谋杀

啊漩！昨夜我又看见你穿过尘嚣

幽怨地来到我面前

那仇恨的一瞥

足以令我悔恨一生！

1997年3月11日　北京

境 界

劳动！我是这样想的。当我
弯下腰去，用渐渐枯瘦的手指
挖掘和种植，榨干生命中的
铁和盐粒，滋养诗歌的根系
这是我的天性；不管未来的花朵
将被谁摘去，将戴在谁的头上

我是这样想的：当我劳动着
我就是这片土地上的花朵，就是
从这片土地中涌出的阳光和海水
就是从这片土地中展翅欲飞的
一只鸟——我啁啾，我歌唱
是这片土地在啁啾和歌唱

采花的女人！我是这样想的
别以为你身上长着花刺，你就能
独霸花园，并用你艳丽的名字
给这些花命名；采花的女人
当你采下一朵花戴在头上，
将有更多的花汹涌而来，把你淹死

是的，劳动！这曾是我全部的
生活，我生活中的全部秘密

开出隐性的花朵，并且鲜艳欲滴
逐渐加重着春天的荒芜
就像一只蟋蟀潜入黑夜，鸣叫
使高贵的爱情变得轻如鸿毛

采花的女人呵，你寻寻觅觅
却误入花丛，错把开花的声音
听成你灵魂歌唱的声音
但当你转身离去，当你的脸
被你采下的这朵花映红
你可曾听见谁在土里咳嗽？

1998年1月17日　北京

生命是一个奇迹

——写给儿子14岁生日

多么好呵儿子！你一诞生
就拥有两只手，两只脚
有两只手你可用来开掘道路
有两只脚你可用来分开流水
更重要的，是你还有一颗大脑
这可是一片思想的耕地啊
那儿宽可趟马，深可掏井
你尽可以把智慧的庄稼
种遍世界的每一个角落

多么好呵儿子！你一诞生
我们的天空就已群星灿烂
那些最早点燃星星的人
是人类的父亲，他们力大无比
多少艰难都被嚼成了碎片
他们说大地上应该有房子
于是就把城市，从中国的北京
建到法国的巴黎和美国的纽约
他们说海洋上应该有路
于是就有船拉响远航的汽笛
把广袤的地球连成一个村庄
他们说人应该在天上行走

于是就有飞机穿过云层
像鸟一样在我们的头顶飞翔
他们又说，天上的天上
还有一个更圣洁的地方
于是就有人从月亮的家园
为我们带回一把
从未被人踩过的泥土……

是的儿子，生命是一种奇迹
它就像水生来就能流动
就像花朵每到春天都能开放
就像美丽的蝴蝶，它会飞
然后用翅膀打开黎明的窗口
就像快乐的画眉，它会歌唱
然后把心中的爱献给蓝天
它还像鱼，不管前程多么迢遥
都能劈波斩浪，游向大海

生命确是一种奇迹啊，儿子
它源于偶然的一次碰撞
却需要用一生的努力去提升
而你生命中的能源，就像矿藏
需要你弯下腰去辛勤开采
才能如火如荼，熊熊燃烧
而你生命中的智慧，就像燧石

需要你一次次去敲打

才能发出最耀眼的火光

当你像蜜蜂一样采足芳芬

当你像秋天一样结出硕果

或者像一根青草，把你的绿

从脚下一直铺向天涯

那时你生命的奇迹就开始绽放了

那时候你也会成为一颗星星

在人类浩瀚的天空

闪耀你自己的光芒

儿子呵儿子，生命如旅

十四岁正是出发的时候

当你大步向前走去

有一双沧桑的眼睛

将永远在注视着你的背影

1997年11月23日　北京

你要好好活着

一

你常常让我感动
我甚至从未看清
你真实的眼睛和鼻子
其实你的眼睛和你的鼻子
和别人的没有什么两样
你走过去就像一阵风
但你不是风
因而你常常让我感动

眼下正是冬天
我就想象你走出家门
正吱吱嘎嘎地踩在雪地上
你穿着滑雪衫或者羊皮猎装
你的滑雪衫肯定是红的
你的羊皮猎装又肯定是黑的
你就躲在羊皮猎装或滑雪衫里
正吱吱嘎嘎地踩在雪地上

我还想象你正像一片风中的树叶
被人群挤来挤去
接着就像一截鞋油

被城市的最后一班汽车

挤出在站牌之下

这时你就对着你的影子

独自哭泣

最终我就想到

你会死去的

人们将把你放进一只黑木匣里

埋进我不知道的某个地方

这世界有许多事情

总让我们

无可奈何

二

到大街上随便走走

那是非常惬意的享受

当地铁口涌出泛滥的面孔

你不会想到这是花瓣

到大街上随便走走

我们就有万分或万万分之一

重新发现的机会

那时候我会把我的手臂

兄弟一样搭在你的肩上

对你说出一个陌生的地名

你也会像情人一样

脱去你的手套
用你涂满红蔻丹的手指
抚摸我的额头
数我又添了几道皱纹
后来我们便走进一个
看不见任何风景的房间
再点一杯随便什么牌子的咖啡
说完味道好极了之后
就各自低下头颅
同杯子边缘那只苍蝇一道
阅读咖啡的颜色

想想会重新淹没在人群里
我们无法不沉默

三

好吧，现在请掏出你的钥匙
打开我们的新房

这是一间永远不可免俗的屋子
一盆水仙已经干枯
一挂铁锚在永不疲倦地摇晃
几个女人在墙上甜甜微笑
三个书架上挤满了人类的巨匠
橱顶上站着两匹陶制的烈马
那马嘶鸣的声音

嘹亮而寂静

那么关紧窗帘
让那些巨匠和女人
目瞪口呆
我要像剥笋一样
把你剥出一个粉嫩的芯子
然后把你扔在床上
海水一样覆盖你
把你的呻吟听成
最美的音乐

可是你先得让我想想
这一刻你到底在哪儿呢
在黑暗中我捉来捉去
但怎么也捉不住
你的幻影

四

你梦一样坐在
最顶楼的阳台之上
阳光福尔马林般地
浸泡着你

你空空地咳嗽着
鼻翼里呼出腐败的气息

你手中的拐杖油光锃亮

脸上布满裂痕

你直起身来胸前一览无余

再也耸不起两峰

教堂般的塔尖

从房间到阳台

是你走过的最漫长的道路

你来来回回摇摇晃晃

把日子空酒瓶一样

堆放在阳台的空地上

直到漫过你的头顶

终于你什么也搬不动了

就在阳台上坐了下来

静静地看着阳台下的那些人群

那些人群走来走去，走去走来

像蚂蚁般地移动着

这使你想到突来的一阵狂风

会把他们全部刮上天空

忽然你的眼睛一亮

从人群中认出一个身影

她穿着红红的衣衫

径直走进你的门洞

脚步琴键一样弹响楼梯
你把房门打开
喊出的却是你自己的名字
儿孙们惊恐地看着你

这是在五十年之后
然而一百年之后呢
然而二百年之后呢
那时候你的父亲和你的母亲
那时候我和你
那时候我们和许许多多
伟人与凡人
都没有什么两样
那时候我们都会演化为
某一种相同的物质
那时候我们都将是蟋蟀的房子
和草的房子

五

我至今依然记得
那根拐杖离你而去的情景
你满脸青紫，浑身战栗
空空地呕吐出一颗心脏
你说——
人呵，人呵
你们不要害怕毁灭

你们害怕的应该是衰老
时间温柔地躺在你的身边
时间它惨无人道

我哑口无言
听任你用最后的一个手势
把我击毙

六

啊，就是这样
你常常让我感动
但我确实不认识你
因为我从未看清
你真实的眼睛和鼻子
其实也没什么要紧
要紧的是你常常在我的眼前
飘来飘去，飘来飘去
这就好像有一棵树
渐渐地生长在
我的窗里或窗外

因此我要说
你要好好活着
出门的时候你要绾拢你的头发
再拉紧领口的拉链
风这种东西就这样野蛮

它总是突破你的缺口

去猥亵你的胸乳

再深入你的骨髓

何况还有那么多的雪呢

它们一片一片从远处赶来

覆盖你的视线

又扑灭你的道路

因此我要说

你要好好活着

七

眼下还是冬天

我就想象你踩着积雪

吱吱嘎嘎走回你的房间

你轻轻掸掉披风上的雪片

把衣服一件一件脱在沙发上

然后打开浴缸的那些开关

雾气便手一样缠绕过来

抚摸你的胴体

或者你在犹他州的盐湖

正作着快乐的滑行

脚下的冰刀画出一些优美的弧线

可你一定要提防那些漏洞

水总像懒懒的不动声色的鳄鱼

一旦把你含在嘴里

便让你糖一样融化

假如你愿意

你可以把嘴唇涂得像猪血一样鲜艳

把胸罩挂满你的房间

天暖了就步行去迪斯尼乐园

看那些花怎样展开

那些鬼怪怎样肆意放纵

但你不要碰落花上的露珠

和鸟儿们的歌声

在情人面前你尽可像一个孩子

要笑就好好地笑

要哭就好好地哭

哭不出来又笑不出来时

你就背起你的行囊

重新出发

——除去爱

那些容易腐烂的东西

那些失去不会再来的东西

那些永远不能进入本质的东西

都是不该属于你的东西

你要一粒一粒挑拣出去

让它们如冬天的飞蛾

永远死在

你干净的灵魂里

最后我还要说

你要好好活着

耐住那百年孤独

实际上我们一辈子

都在

等一个人……

1989年2月20日—28日　上海—北京

父亲们！父亲们！

一天使一年丰富，一个女人
使别的逊色；一个男人
成为一个种族，
像他一样崇高，像他一样永恒！

　　　　　　——史蒂文斯《夏天的证明》

一

现在请告诉我：我该怎样歌唱
我该怎样描绘和赞美——
那个曾经给过我们生命的人
那个始终站在高处，并且永远
被我们称呼为父亲的人

哦，父亲！当我发出这声呼唤
我转动的眼睛，已不仅仅穿过
星空和山脉，丘陵和沼泽
深入到南方那片清新潮湿的田野
停留在夏天咳嗽、冬天哮喘
而且整整一生都在疯狂劳动的
那个老人的身上

是的，不仅仅！我是说我的父亲
我们的父亲，他更应该是一个

古老的词，并且比这个古老的词
活得更长久；又更应该是个年轻的
词，并且比这个词活得更崇高

哦这个词，这个词，它不仅仅是
一声滚烫的称谓；一个庞大的概念
一片邈远而深邃的祖居的天空
一条河流的源头；一脉家族的归宿
一座生命的谷仓储存信仰的种子

哦这个词，这个词，它更应该而且
必须是：一种光荣。一簇火焰。一弯
血色嘹亮的号角，一面迎风招展的旗帜
抑或一道耀眼的闪电，在泛滥人群的
红尘中，召唤风暴和雷霆——

二

又一天早起。又一片风清月朗
我祖国的天空开满兰草和菊花
这正是阅读的时刻，回顾的时刻
和缅怀的时刻，望断渐渐淡去的星群
我看见我的父亲，我们的父亲
他长发披肩，正大步在天空中行走
深深的脚印里落满云层的灰烬

深深的脚印里落满云层的灰烬

123

我长发披肩的父亲，挺拔高大

迎风颤动他那青铜的背脊

和黄铜的背脊；背上绷紧的长弓

是他孔武有力的第三支手臂

在他的身后，一条小路尘土

飞扬，一个白昼无始无终

看不见灿灿星斗；一颗滚烫的沙砾

在我干涸痉挛的血液中

尖啸奔跑，吸干我最后一滴水珠

天上悬着九颗太阳：它们就像

九只凶猛暴烈的红鸟，九头勃然大怒的

雄狮，喷射着火的烈焰

大地上岩石崩溃，百川沸腾

奔涌着火的洪水，血的波涛

而我长发飞扬的父亲

赤身裸体，就跪在最后一块

被烈火拍击的悬崖上

弯弓怒射！天空中传来

一声声嘶叫，一声声哀鸣

在一片欢呼之中

世界蓦然浮出一片崭新的大陆

一片宽阔而深厚的大陆

从青草翻卷的额尔古纳河、叶尔羌河

到大浪滔天的伏尔加河

我的父亲风餐露宿，一生都在征战
一生与刀剑和战马为伴
把地图文在他宽大雄浑的
背脊上，沿路用仇敌
和野兽的血水，擦洗他
溅满泥浆的羊皮靴子
当他凯旋，当他仰天喝干
黄铜酒壶里的最后一口烈酒
葬仪宣告开始：那时他就像一座
困倦的山峦，轰然倒下
横卧在大地和草原的怀抱
并在沉沉雾霭中，倾听着
他御驾亲征的千万匹战马
仰天嘶鸣，然后从他的头顶
轰轰隆隆踏过！踏过！踏过！
直到把那座高高的坟茔
夷为一马平川

或者在从金沙江到夹金山的小路上
刚逃过杀戮，又跨越刀刃
我父亲们的岁月有何等艰难！
那是一条痉挛的弯弯曲曲的
小路啊，只剩下饥饿和伤病的
虎豹，寒冷和死沼的狼群
沿路咆哮，沿路袭击和拦截

他们；而我衣不遮体的父亲们
面无惧色，只用几颗泡涨的青稞
相互搀扶着，一步一步
跋涉在黎明的子宫里

这些一无所有的人们啊，这些
正被苦难生吞活剥的人们
他们的肚皮薄得像纸那样透明
残存的生命，又像一张渔网
千疮百孔，该用什么去缝补？
但他们却毫不足惜地敲碎
自己的骨头，点燃一蓬蓬篝火
为在黑暗中挣扎的人们指路
当他们站在大雪山的风口，手搭凉棚
向昏茫的远方眺望
有谁曾想过：当他们走完这条小路
将能得到一把什么椅子？
而当他们颓然坍塌，他们灼烫的血
便大股大股喷溅在我们贫瘠的
土地上，和岩石中

啊！我的父亲，我们的父亲
多少年了，现在你们已走得多么苍茫
多么深远！就像高山和大海
虽然依旧巍峨，依旧澎湃，依旧

轰轰烈烈，风风火火，坦坦荡荡

却正退向我们所看不见的地方

正退向被浓雾渐渐笼罩的大地和天空的

边缘；而你们那一张张

千姿百态的脸，那一张张

虽然渐渐模糊，渐渐被时间之火

风化和侵蚀的脸

却夜夜在我的眼前飘动，飘动

呈现出刀劈斧削的痕迹

就像挺立在高冈上曾遭受雷击的大树

带着遍体鳞伤，隐向高处

但从不与黑暗混淆

三

在这个雷声轰鸣乱箭穿心的雨夜

父亲，我是否可以称你为

亲切的暴君？

在这个雷声轰鸣乱箭穿心的雨夜

岩层又一次从你的脚底

叠上你高高的额际

喉咙里传来石破天惊的涛声

在这个雷声轰鸣乱箭穿心的雨夜

我浑身湿漉漉的羽毛，紧贴着

我冰冷的躯体，就像撕不开的皮肤

我两扇战栗的翅膀夹满恐惧

恰似两把打不开的锁

当我战栗，对你叹出哀怜

只听你在云层呼吼："你这可怜的

小东西啊，你飞吧！飞吧！飞吧！

这世界上没有一条道路

是只为你准备的！"

然后你把我从高空中扔下

如同从悬崖推下一块石头

这时我听见我在风中急剧坠落

坠落，正滑向黑暗的深渊

我想我完了；我沿途发出惊叫

我想我瘦小伶仃的尸体，在某一天

将被一排大浪打上海滩

并横在那儿，等待着被一只凶猛的秃鹫

一块块啄空，一点点啄碎

我想我那时已不再是我，而只是

大地上的一缕烟，空中的一颗小小的雨滴

但奇迹在这时发生了。我沿途发出

惊叫，而这串凄厉的惊叫

却刚把我吓死，又突然把我惊醒

我急剧坠落，坠落，坠落

在急剧坠落中，忽然打开翅膀

就这样开始了飞翔

父亲，闻着从你嘴里呼出的那种

海藻的气息，看见你那张脸被喧腾的

海浪，打成坑坑洼洼的礁石

我又真想称你为水手

那时我们正陷入一场海啸的腹地

凶神的手，倾起一整座海洋

朝船舱砸来；船上的桅杆

猝然断裂，舵被浪的牙齿死死咬住

就像锈死在锁孔里的钥匙

一条阴冷的蛇顿时在我的心里

滑进又滑出；一只漆黑的鹰

带着一天风暴，凌空扑来

如一片突然坍塌的山脉，一座

阴森森的正缓缓关闭的墓穴

这时唯你仍站在船头！唯你

仍把两只大手伸进水里

高喊着："孩子们，划呵！划呵！

勇敢地挥起你们的桨

去砸碎那些大浪的头颅！"

剽悍的手就这样从我们身体的

各个部位，剽悍地伸出

然后一起深入咆哮的大海

我们跟随你划呵，划呵，划呵

终于把我们那艘船

我们那艘伤痕累累的船
划进天边那道彩虹

还应该比这更多！还应该比这
更触目惊心，更水深火热
就像高邈的天空，除去星辰和云朵
阳光和雨滴，还应该有
风霜、雪暴，电闪、雷鸣
就像奔涌的河流，除去如梦如歌
如泣如诉，还应该有
潮起潮落，涛飞浪卷
还应该有两岸裂帛的猿声

你想成为父亲吗？
那你就注定要
从这片沼泽走向更深的一片沼泽
从这片海域驰进更大的一片海域
就注定要成为一棵大树
高高站在悬崖
轮番接受风暴的砍伐

四

我的母亲曾对我说，在那时候
我有多么年轻！在每个夜晚都能听见我
青翠的骨骼，在噌噌拔节
就如同埋藏着的笋，用尖锐的喙

在一阵阵啄击黑暗

十四岁我便下河弄潮，进山狩猎

曾奔跑着把一只狼追落悬崖

而当一个姑娘哭泣着，顺水而来

从黄浦江漂到我家邻居的

小阁楼上，高挂起一盏灯

我夜夜都偎依在她窗前吹笛

并夜夜在那根竹竿上

挖掘战壕，梦想攻打上海

确实是这样：做个父亲

是我一生的期盼

一生的追求，一生的渴望和梦幻

我甚至不惜在四十六岁那年

把居住的大厦，推倒重建

我对我的心说：假如能给我土地

我要建造许许多多的房屋

养育许许多多的儿子

然后放在铁砧上，狠狠地敲打他们的

骨头！并像将军操练士兵那样

操练他们捕鱼，狩猎，开河，种地

精通十八般武艺和兵器

但最壮最有出息的儿子

我要亲自带他去远征

哦，什么时候，在什么时候
我一夜无梦，忽然被挪到
这钢筋水泥的背面，烈日和雷雨的
盲区？什么时候，在什么时候
我开始变得如此谦卑
如此恭顺，如此地笑容可掬？
仿佛慈悲的佛，空心的佛
推开血中的欲望，盘腿静坐在
莲花的中央，木材的中央
又仿佛小小的谷粒，在沉醉的秋天
自行脱落，甘愿退回到胚胎
在什么时候，我逐渐黯淡的目光
悄然移过经典，只在
蜂拥而来的那一张张脸上
停留与揣摩，亲和与抚摸
在什么时候，我临摹，我书写
就像飘零的雪，绕过乱石
只在词与词的夹缝中穿行
并且默声祈祷：秋日的落叶呵
请你等着我走过去后再砸下来吧
胜利来之不易，我也别无所求

还有爱情！这饱含乙醚的
高贵之火与野兽之火
犹如金发碧眼的魔女罗累莱

坐在莱茵河畔的岩顶

在诱人的歌声中埋下陷阱

当我截断河流，把从胸膛里掏出的那只

噗噗乱跳的鸽子，举向高处

我澄澈如水的双眼呵

怎能不被疯狂的玫瑰刺瞎？

于是"我一生跌跌撞撞，

不是绊倒在落花上，

就是跌倒在大教堂的台阶下。"①

那么我是谁：我是一个侏儒？

一个匆匆过客？一个泥塑的陶俑？

一个活着的亡灵？一个醉卧宫中的

捉刀人或操琴人？一个厉声卖弄

肌肉的拳师？抑或一个梦游者

大汗淋漓，总在梦里做梦？

一个小丑粉墨登场，在黑夜等待喝彩？

再抑或是一棵树，一棵苍老的树

但早被大风吹弯？一根竹子

一根新生的竹子，却早被巨石扭曲？

一只穿着花羽毛的小鸟

每天只在笼子里歌唱？

我用奶油渐渐堆高的儿子呵

---

① 引文为塞弗尔特诗句。

当你仰起脸，当你用天籁般的童音
向我说出那声亲昵
这时我着愧难当，又无处藏身
如同一个阴谋被突然戳穿！

五

也许，这就是我，这就是我们
命定的苦旅，命定的
苦难、曲折和深渊
它让我们背负着太多的浩劫
太多的悲哀、叹息和忧愤
还有太多的空想
总走在寻找父亲的道路上

看啊，大街上人来人往
翻滚着大片大片泡沫般的面孔
流经我们城市的那条大河
犹如一匹疲惫的老马
步履蹒跚，携带着那么沉重的
泥沙、败草和腐朽的物质
沿路在我们溃疡的伤口上
撒下一把盐（现在从一滴水中
你还能擦亮烛台和银器
窥见太阳的光辉吗？）
出海的日子又到了，一只船烂在沙滩
一只船已朽出狰狞的钉子

船上的龙板翼骨在风中倾斜

啊，海哟，海哟，寂寞中的海哟
现在你坦荡空阔，嬉笑怒骂
可是在挑逗败落的骑手？

你好，货币！曾发出铜臭的货币
如今你是亲切可爱的
就像一个死囚最后被验明正身；一个
失足落水者，最后被举出水面
但在什么时候，你这亲切又可爱的货币
忽然又化成一堆粪土，一堆
金色的粪土，招引那么多的
苍蝇和蚊子，嗡嗡飞来
在商品经济的裂缝中
投下蛆虫，让它开出恶毒的花蕾？
还有泥土、空气、水源、歌声
血管里的血、案板上的肉
呼喊的种子和化肥，甚至
跪倒在上帝脚下的膝盖
……那一切的一切，什么都可以
伪造！什么都可以盛装打扮
招摇过市，如入无人之境
昨天，当我蜷曲在北方煤窑中的
又一群兄弟，在烈火中

吐出最后的一声叹息

我当然想问问：苍天在上

在世袭制的座椅里，是否也坐着

我们假冒伪劣的父亲？！

噢，在远方，那是谁在窃笑？

我看见我珍稀的母语，在大火中毁灭

空气里传来烘烤竹简的焦煳味

而文字的垃圾铺天盖地

偷盗的光盘在疯狂旋转

那些词语中的沙粒，视线中的霉斑

就像病毒一样飘落和远播

把孩子们透明的翅膀侵薄

在焚烧蒙昧的草堆上，无聊生长

贫困生长，谄媚也在生长

那么多带菌的蚕，爬上我们线装书的桑叶

叮咬、啃啮、呕吐，使古典残破

当大陆漂移，我祖国的精神

沉落进浑浊的水底

谁将带领我们劈波斩浪，出生入死

从水底的石匣中取出黄金？

是啊，是啊，咆哮的马蹄声

已经离我们远去了。我们头顶的天空

蒹葭苍苍，风像丝绸一样

滑过人们的脸颊。在飞雪的神仙湾

在着火的阿拉善，在以沸腾的盐煮着的

西沙、南沙和曾母暗沙

暂时还没有迹象将被撕开一道伤口

等待着我们用头颅去封堵

而在长城以北，患感冒的大地

也只不过是刚刚打了个喷嚏

让几块砖头从房顶震落下来

砸出几滴鲜血和泪水

但此时此刻，在巨人们的头顶

却落满厚厚的尘埃；欲望正像荒草一样

汹涌，平庸也如洪水一般泛滥

站在高处鸟瞰，我看见太多的人

面色冷漠而又两眼无光

就像滚动着的沾满泥沙的土豆

太多的人把痰吐在城市那洁净的

胸膛上，并习以为常

而春天刚刚到来，街心花园里开出的花

总是被街心花园外的手摘走

使潮红的脸颊黯然失色

在严寒的日子里，炉膛的火正渐渐熄灭

有人频频跺脚，有人呼呼哈气

但没有人脱下帽子，拧紧风钩

把风雪关出窗外，然后

再往炉膛添一把干柴

当那只污黑的手握着污黑的刀
贴在我姐妹的腰间，而后像划玻璃那样
划出一串尖叫，那是谁掩面而过
任凭青春的血，天鹅的血
滴滴答答，流入肮脏的下水道里？
那又是谁在嘟哝："英雄，英雄
这座山实在是太高了，也太险了
而我已失去攀登的勇气……"

此刻我的手在颤抖！此刻
我从电脑里打出的文字
仿佛突然被谁卡住了脖子
一个个青筋暴跳，咻咻喘息
啊，这有多么可怕！在一个
需要四处寻找父亲的国度
在一个满是侏儒的国度，在一个
清气下沉而浊气上升的国度
一个诗人想打开嘴唇
但他的喉咙却发不出声音

六

这是个与每天相同的日子
并且是夜晚。我从三月的酣睡中
再一次被梦惊醒；然后再一次
推开窗门，脸色乌黑地眺望远方

正值春天：一个无可回避的季节

我北方的朋友来信说

黄河又断流了，满河床晒着

白花花一片沙子，就像新生儿的家庭

往阳台上晒出白花花的一片尿布

我南方的朋友来信说

洪水有提前到来的预兆：大堤上

从未出现过如此多、如此仓皇的

老鼠和蚂蚁；它们鬼鬼祟祟

紧追慢赶，正把家和粮食

搬运到高处；大片大片的红蜻蜓

摇摇摆摆，只贴着河面飞

这时在我窗外常常响起的电锯声

又猝然停止了，带来一片

难忍的寂静，如同一首歌

猝然丢失了它华丽的尾声

这是一家大型锯木厂，电锯声总是这样

猝开猝断——响起时尖锐刺耳

断裂时鸦雀无声——就像那种电线老化的

高音喇叭；接着厂区的铁门大开

从它黢黑的口腔里，吐出一片

汹涌澎湃的懒洋洋的哈欠

然后难忍的寂静重新铺盖下来

雪地上扔着一片凌乱的脚印

汗珠訇然爆满我的额头！我知道
这是我假想的那场大灾难
已提前向我逼来了。那夜鸟啼叫的
声音，隔墙孩子夜半惊哭的声音
挣黑钱的出租车呼啸着碾过
空旷街道的声音，还有耀眼的流星
猝然划破夜空的声音
也就是洪水轰轰隆隆到来的声音
我看见它们的流速一再加快
漫长的大堤开始摇摇晃晃
几根巨大的水柱，从被老鼠和蚂蚁
掏空的洞穴里，喷射而出
又一泻千里，疯狂地扑向堤下的村庄
在大水摇撼的一棵老槐树上
爬满了人群，就像结着一树哆哆嗦嗦的
果实，把树枝一再弯向水面
凄厉的风声中，我听见有人在呼喊：
　"父亲呵父亲，你能不能把你的手
从远处递过来，再递过来……"

父亲们！父亲们！
现在请别着急；现在这些仅仅是我的
一个幻觉；一种假设
或者是一种多余的忧心忡忡的

妄想，如同在白日做梦
实际上现在阳光很好，风向很好
天上的雨露和地下的流水
也都很好。现在
我们什么事情也没有发生

父亲们！父亲们！
如果那一天真正到来呢？
如果我们假想的一切果真都发生呢？
这就是说，假如在某一天
我们果真都被围困在大水的中央
烈火的中央，我们苦苦期盼的眼睛
望穿秋水，果真滴出一摊摊鲜血
那么你将从哪个方向，哪条道路
踏火而来？或涉水而来？

1998年2月22日—3月3日　北京

第
四
辑
～

向 天 堂 的 蝴 蝶

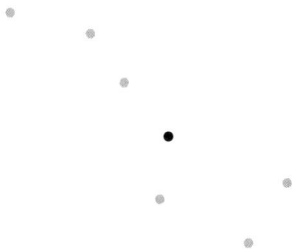

向天堂的蝴蝶

——题同名舞蹈

今夜我注定难眠！今夜有
十七只蝴蝶，从我窗前飞过
就像十七朵云彩飞向高空
十七片雪花飘临大地；十七只蝴蝶
掀动十七双白色的翅膀，就像
十七孔的排箫，吹奏月光

十七只蝴蝶来自同一只蝴蝶
美得惊心动魄，美得只剩下美
十七只蝴蝶翩翩飞舞，携带着
谁的哀愁？谁的恩怨？谁的道别
和祈祷？十七只蝴蝶翩翩飞舞
就像十七张名片，递向天堂

音乐的茧被一阵风抽动，再
抽动，丝丝缕缕，让人感到些许疼痛
谁的心就这样被十七只蝴蝶
侵蚀？并被它们掏空？牵引出
一千年的笙歌，一千年的桃花
与一千年的尘土血肉相连！

十七只蝴蝶出自同一腔血液

同一簇石中的火焰，那噼噼啪啪
燃烧着的声音，是谁在大笑？
死亡中开出的花朵，是最凄美的
花朵啊，它让一切表白失去重量
更让我汗颜，再不敢旧事重提

啊，今夜我注定难眠！注定
要承受十七只蝴蝶的打击和摧残
可惜太晚了，已经来不及了
今夜十七只蝴蝶从我窗前飞过
我敲着我的骨头说：带我归去吧
明天，我要赎回一生的爱情

1998年1月21日　北京

内心呈现：剑

我要让一个身穿白袍的人

住在我的身体里

我要让他怀剑，如天空怀着日月

大地怀着青山和江河

如果我豪气逼人，在旷野上

大步行走，那么请原谅

这是住在我身体里的那个

身穿白袍的人

在行走

是他身怀的剑，在行走

住在我的身体里

那个怀剑的人，是个简单的人

从容的人，徒步的人

白衣飘飘，身背芒刺和积雪

他须发丛生的脸颊

习以为常的沉默和坚忍

让他怀着的剑

藏得更深，如初孕的母亲藏着胎儿

谁都知道血是滚烫的

不容打破缺口，不容挥霍

而他的剑却渴望豪饮

必须按住它的杀机！

但那个身穿白袍的人

那个怀剑的人，住在我的身体里

我和他，我们一生的努力

一生的隐忍和等待

就是护卫这把剑的光芒

让它灵醒的，如霜如雪的锋刃

在静夜，时刻鸣嘤和颤动

毕竟天性难违啊

一把剑，当你从怀里拔出来

如果不能削铁如泥

不能像江河那样发出咆哮

请问，那还是剑吗？

在祖国的大地上行走

我很高兴一个怀剑的人

住在我的身体里

我很高兴能成为这个人和这把剑

共同的知己，和共同的鞘

我很高兴，当我最外面的皮肤

被另一把剑戳穿

那股金子般的血，将溅红

我身体里的那件白袍

2005年12月1日　北京南沙滩

瓷，或者赞美

都在写瓷！我认识的男人怜香惜玉
我认识的女人痛心疾首
而我们的瓷器却早已习惯了黑白颠倒
它让所有的忧伤，所有的
赞美和自恋，从此无地自容

我要指出的是瓷器的清白，那一种坚持
不是虚无，也不是空
更不容滑腻腻的手掌轻易染指
啊，瓷器太高洁了，并准备冷酷到底
为此，它宣布今生不再要体温

但它需要呼吸，而且从来都在呼吸
从来都只发出自己的声音
如果你红颜一怒，请把它粉碎吧
粉碎的瓷器恰恰以粉碎而再生
如同铁铲下的蚯蚓，如同伟大的思想

是的，是的！瓷器是有灵魂的
它会在黑暗中走动，会在奔腾的浊流中
保持一个朝代的品相和高贵
甚至拒绝比喻，拒绝无聊的攀附
因而它不朽，它永垂不朽……

瓷就是词？我相信这是神的启示

不然这汉语中最微小的颗粒

何以光彩照人？何以让众多大师失语？

词和瓷站在一起，如赤裸的美妇站在浴室

看见它，你必须长出第三只眼睛

2004年10月6日　北京南沙滩

欢乐颂

——听贝多芬同名交响乐

镭光闪现，感谢你为我搬来这架梯子
搬来这架黄铜的梯子和白银的梯子
我们的城市正陷入一场大火，有一种东西
正向四处蔓延，但我庆幸我还能拨开
头顶的那片乌云，有了向上的欲望

必须进行抵抗！就像用鲜花抵抗履带
用岩石抵抗台风和海啸，用贝多芬聋去的
一只耳朵，抵抗世界最强大的噪音
就像从我窗外开过的这一小队防化兵
为抵抗疾病，正不惜动用武力

就像此刻我站在《第九乐章》的梯子上
开始攀登，并在长笛、圆号和低音鼓搭建
的梯级上，用掌心点燃一支蜡烛
火光就在这一瞬间跳跃起来，又跳跃起来
于是欢乐收拢的翅膀，重又打开

是的，欢乐！这是我们共同拥有的阳光
共同拥有的空气和水源，是手与手
在热烈相握中，相互传递的光芒
当然它还可以是一杯美酒，那么就让我们开怀

畅饮吧，让杯与杯碰响天堂的声音

人啊人啊，我的灵长类同胞，我四海之内
血肉相连的姐妹和兄弟，今夜我要邀你
在这片圣歌中度过，我要邀你在这架梯子上
登高，再登高！而我的心却对我说：
除去死亡，现在没有什么是不能推迟的

2003年6月10日　北京

蜜　蜂

我相信春天这架机器的轰鸣
就是由它们发动的
这时阳光灿烂，春暖花开
蜜蜂们凭借一副翅膀，一根生命的探针
在测量着甜蜜的深度

这都是些辛勤的采集者和搬运者
队列整肃而纪律严明
从事坚忍的事业
当它们飞翔，是一支春天的圆舞曲
在蓝天和花丛中飞翔
当它们层层叠叠，进进出出
开始用蜜汁建造房屋
是一个将军统率着他的一支军队
在挖掘，在筑垒
在防御着一场战争和灾难

我甚至看见了蜜蜂的死亡
看见了它们在生命的最后一刻
呕吐，掏尽胃里的黄金
然后它们便选择在阳光中
坠落，在花朵中坠落

用小小的身体，掩藏起春天的

最后一道伤口

因此我看见的蜜蜂不再是蜜蜂

如同庄子看见的蝴蝶

不再是蝴蝶

2005年5月15日　北京南沙滩

雷　雨

我们能不能在一张白纸上虚构雷鸣？
能不能让这场隐形的临近爆破的雷雨
在这个夜晚，从陡峭的高空
劈下来，砍下来，坍塌和崩溃下来？

就像我疯狂的父亲在二月的原野上
把铁镐狠狠地砸向冰雪
他要砸开春天的一把锁，夏天的一条河
秋天隆隆升起的一座谷仓

热浪滔天啊！有多少青草在隐隐燃烧
有多少虫子和沙子喊哑了喉咙
我铺开这张白纸也在迅速翻卷
每栽下一个字，都传来焦煳的气味

我和我父亲都是最普通的劳动者
最艰辛的跋涉者和殉道者
这期待中的雷雨，我们只需要一滴
如弱水三千，我们只取其中一勺……

2005年5月15日　北京南沙滩

冬天是只杯子

那么深的峡谷，那么高的悬崖
一生的沸水注入其中，也仍然只是
盈盈一握，像什么事都没有发生
澄澈，是一块海纳百川的水晶？

我是说杯子，冬天是一只杯子
我是说老人，老人是一个冬天
爱过了，恨过了，又被凄风苦雨打过了
正像李家的哥哥，看尽长安落花

而且是玻璃做的，你的眼和你的心
慈善，宽广，仿佛一圆朗月升向天宇
那是什么样的高炉将杂质汰尽？即使
訇然粉碎，也只不过意味卷土重来

啊！站在悬崖，那么美，那么静
那么吐气如兰——我是说，同在冬天
你能失手打碎一只杯子，但你打不碎
一个老人，时间是他紧握的奥秘

2000年4月15日　北京

阅　读

让我们贴近这些词！让我们贴近这些
黏稠的词，锋利的词，和诡谲的词
并且把它们一一剖开，抑或被它们
一一剖开，静听金属下沉的声音

必定有一座高山让我们终生仰止
必定有一片大海把我们彻底淹灭
当我们被一个个词所绊倒，必定还有
一面面镜子，照见我们猝然苍老

无数个词被反复分解，仿佛无数把刀
被反复磨砺，并以纯粹的锋刃
测试生命的高度；或者如稀薄的风徐徐吹来
把人类最珍贵的阳光，从泥污中掀起

让我们团结起来，贴近这些词
贴近这些最单纯又最坚硬的物种
有如把钉子打进悬崖，让这些
最古老的嘴巴，说出神的奥秘……

1999年12月29日　　北京

墙上的钟

一朵花，一棵树，或者一粒种子
总是在夜晚焚烧，然后在白天
展开它们的面容。当我们被它们映照
有谁知道在它们胸中正深藏大梦？

一缕烟在天空滑翔，一只鸟在
树杈间歌唱，这是谁也无法洞察的
当天上的阴影和歌声，同时抵达
有谁知道奇迹就在这一瞬间诞生？

一根针为什么穿不过一峰骆驼？
一个人为何不能同时踏进两条河流？
早起的人，当你在一缕霞光里奔走
一缕霞光刚好与你的生命相等

这就是挂在墙上的钟。这就是居住在
钟表里的诗人——他们开辟出花园
他们建筑起城堡，而后便静静地看着
红色的花在凋谢，黑色的花在上升

1999年10月8日　北京

五月之楚

恶臭冲天！谁庞大而丑陋的内脏
开始腐烂，并正被漫天飞落的秃鹫
一点点啄空？谁淹在一片深深的唾沫里
若明若暗，正瞪着两只死鱼的眼睛？
唯我仗剑而歌，正逆风而去
用赤裸的脚，踩遍天下的刀刃

天问过了，地问过了，神当然
也问过了，只剩下鬼还没问
他们凄厉的呐喊，他们披头散发的
面影，还有他们被风雨漂白的
骨头，如此冰凉！而今夜夜
飘浮在我行吟的大道上

是啊，是时候了！风已把世界
推远，天上的灯笼正一盏盏熄灭
谁说五月是我最后的一匹坐骑
我最后的诗篇和疼痛？我只对五月
发出狂笑，我只把五月当作
上苍赐给我的，最后一杯鸩酒

你没听见汨罗江在喊我？你没看见
菖蒲和苦艾正在水底，为我结庐？

我说鱼呵鱼呵，你们可要等着我呵
等我浑身长出鳞片，等我喝完这壶酒
就上路；而在河流的最深处
正隐藏着我和河的——第三条岸

1999年12月6日　北京

工作中的艺术家

他们把巨大的躯体投照在身后漆黑的墙壁上
如高高悬挂的皮影，如乡下驼背的农夫
在田野里反复挖掘。他们偶尔也转动脖子，转动脊骨
漆黑的墙壁上忽然传来大雨将至的声音

工作中的艺术家！伟大的孤独者和躬耕者
在黑暗中艰难地挥动小小的火把和小小的鹤嘴锄
比如他们正在雕刻，他们全部的努力
就是把夜色分开，让石头流出新鲜的血来

或许我们还能换一个角度：我是说当我们在
沙漠中踟蹰，或者以相反的方向陷进旋涡
他们却踅身走进一页白纸，然后对我们开口
说话，并且非常轻易地推翻我们一生的技艺

工作中的艺术家！这是我所认识的第一个
口吐鲜血的人，第一个藏进草丛里的人
又是大地上的第一堆白骨，那在白骨上跳动的
蓝色火焰，从此让我们陷入更深的恐慌

2001年12月5日　北京

一个诗人想到飞

—— 给昌耀

一盏烛光在渐渐熄灭。一扇大门在
轰隆隆关闭。一朵玫瑰的到来
让你猝然看见千万朵玫瑰，从天堂
汹涌而至，猩红的花瓣鲜艳欲滴

而一片水域在隐隐摇晃。一种重力在
沉沉坠落。听一阵阵的钟声袅袅传来
即使二十四部华灯粲然齐放，二十四只金杯
铿然相触，也无力阻挡大地的塌陷

但你依然在攀登！依然要攀到高高的
屋顶上去，依然要攀到扶摇的树梢上去
就像你一次次把诗歌的钉子，钉上高空
并让它们闪耀！发出钻石的光芒

然后你迎风展翅，模仿着一只大鸟
高翔的姿势；并把最后的一根棘刺
愤怒地刺进喉咙……可是谁能告诉你
谁能告诉你：人，是没有翅膀的……

2000年4月10日　北京

161

圆明园日记

这个五月的黄昏，这些在草丛中
经过雕琢然后又散落的石头
适合追忆也适合怀念
因此我要记下今天这个日子
我要把这个日子命名为
百年一遇；或者说，那漫长的期待
只是为了在今天更深地进入

此时悬在断柱上的那轮落日
有多圆啊，多像一个忧伤而凄美的句号
它在宣告开始即结束
结束即开始，而那一瞬间的焚烧
却惊天动地，刻骨铭心
它让我们的手终于绕过一路的
荒凉，触到了灰烬中的火焰

那么重整山河吧，那么坚持我们的
高贵、清洁和雄心不泯
而在一天中偿还一百年的残缺
这也足以让人惊羡和赞叹
仿佛过去的坎坷、崎岖和内心的
挣扎，都是亲切的铺垫
是我们在时光中抛撒的鲜花

你说如此摧毁其实已给我们带来
深深的隐痛？也带来持久的美
持久的感伤与哀悼；但那份苦难中的爱
那石头中的火，甚至那
火焰中的呻吟，我们都必须留着
就像黑夜就要降临
我们必须留住天空的闪电

是这样。这些青草，这堆醒着的石头
这扇我们在层层石头中
艰难推开，马上又将隆隆关闭的门
注定要成为两个人的记忆
一片土地的记忆
因此我要记下今天这个日子
因此我要痛彻地说：一日长于百年

2004年5月15日　北京

在电脑中写作

水波荡漾，文字从黑暗中召之即来
坚持的反光让我落入
暂时的晕眩

这种过程还在继续。那些事先被肢解的
可怜的躯体，通过再次被肢解
而重新排列。但我们却看不见刀痕
看不见那些小小的身子
怎样在锋利的刀子下痉挛
挣扎，流出古老的鲜血
看不见它们在我们的血液里
怎样跌倒，怎样爬起
怎样翻滚，怎样哭泣
怎样以天籁的声音
喊出尖锐的疼痛

甚至它们到来的时间
到达的位置，都那么精确
就像我们终生恪守的契约
但它们的眼神，它们千篇一律
被雕琢过的身影，却那么冰凉
仿佛上帝一眼窥破
石头中的秘密

哦，就是这样：程序化的操作
把一个个字粗暴地拆开
让你看清它们最庄严的肢体
和最清晰的内脏
这机械的过程，充满血腥
让我敲击键盘的手指
忍不住颤抖，让我
怎么也抓不住
在黑暗中游离的那部分

而我是农民的儿子
在电脑中写作，这让我怀想
在稻田里插秧
——稻田里水波荡漾，听得见
阳光落在水面的声音
这时我父亲在身后喊道：
　"展开，展开，把根须
展开到睡眠的深度！"

但现在我该怎样展开？
现在我该怎样把文字的秧苗
插进玻璃？并让它们去承受
阳光和雨水的双重打击？

2001年8月18日　北京

复述一段经历

翻过最后一道丘陵，道路像入海口那样炸开
前方突然跳出影影绰绰的灯光
那么大一片！它使你根本分不出
这到底是真的，还是假的
一头乌黑的火车猝然一声吼叫
在与公路并肩而行的铁道上
呼啸而去，那庞大的阴影
顿时压得我们喘不过气来

——仿佛某个事件就要发生

我们许许多多的人，许许多多像我一样稚嫩
并像我一样从未出过远门的人
就像一罐沙丁鱼，被压缩在一辆
名叫嘎斯69的苏制军用小卡车里
再被一张绿帆布严严实实地覆盖着
我们小心翼翼地说话，冷不防
洒落一地故乡的土碴子

我们谁也不认识谁，只能大眼瞪小眼
尽管戴着同样的一顶散发出重重樟脑味的
栽绒帽，踩着同样的一双大头鞋
（就像踩着两条胖头鱼）

一颗怯生生的脑袋，如同豆芽菜那样

探出肥肥大大的领口

听说我们的目的地是前面这座省城

这座城曾被我们的第一阵枪声

炒得沸沸扬扬，如雷贯耳

又听说这座城要比我出生的那个村子

大出好几十倍，好几百倍

这样我就想，从此后我就是一滴水了

当我滴进它的缝隙

谁还能再找到我？

前方的灯光越来越清晰

越来越明亮，我们乘坐的苏制嘎斯69

就像一匹小马驹，忽然撒开四蹄向前狂奔

从跳荡的车厢板里看出去

空阔的街道，清冷的路灯

还有被风撕得满地飞扬的标语

就像梦那样扑上来

后半夜，苏制嘎斯69开进一座兵营

那院子空荡而寂静，仿佛浸泡在

一个巨大的土灰色的瓶子里

我看见一个哨兵在墙根下游动

十二辆军车就像十二头巨兽

蹲伏在车库的阴影里，一只水塔

被放置在高高的水泥柱上

这时车厢板哗的一声被打开，我们

就像土豆那样从车厢里滚落下来

被一泡尿憋得瑟瑟发抖

身子仿佛随时要爆炸

接着开始集合，开始整队

开始等待一把看不见的锤子，把我们

狠狠地打进一个庞大的序列

但在这个夜晚我们对此却懵然不知

我们所知道的，只是死死地攥住

自己的名字。心道：好家伙！

今晚，可别把自己给弄丢了

2001年9月3日　北京

当我喊出祖国

钟表訇然断裂！时间像悬崖
流水那样，沉沉跌落下来
一种无力到达的慢；一种迅疾
而黏稠的扩张和蔓延。天空
正被一大团黑吞没，如一大朵
黑色的花，正吞没春天

啊啊！那是谁扼住我的咽喉
那是谁打开我身体里的那只暗藏
的冰箱，开始在那儿轰轰隆隆
制冷？一只鸟，一只你们从来没有
看见过的鸟，就这样惊叫着
从我的眼睛里，拍翅而去

众声压迫过来！再压迫过来
嘈嘈杂杂，我听出那是锯子的声音
斧凿的声音，三峡挤出夔门的
声音，风雪横扫昆仑的声音……
我就被众声托举，再托举
那样一种轻，让我无法言说！

是啊，当我喊出祖国，当我像
一根轻盈的羽毛那样飞向天空

我看见汹涌而至的，是故乡的泥土和

沙子，是海水中晶光闪闪的盐

是我稚气未消的儿子，正用擂鼓

的脚步，轰然擂响的大地！

2003年2月27日　北京

春天，你想说什么?

绽开和解脱的日子终于来临
护城河里的冰在咔咔炸裂
堆在树下的积雪开始大面积消融
埋在事物内部那种燥热
仿佛就要溢满，就要向外喷涌
我们那蓬头垢面的城市
正急于脱下那件肮脏的外套

大地的征兆几乎无处不在
人们休眠一冬的嗅觉
味觉，还有曾经冻僵的触觉
何时变得如此灵敏?
好像一只手突然打开了某个机关
例如昨天我带领我五岁的
儿子，走过一片树林
他突然满面疑惑，惊奇地
对我说：爸爸，我感到
在草地上，在树枝上
还有在我的脚掌上，脊背上
我浑身跑出来的一粒粒
汗珠上，好像有许多许多小嘴
正在一下下啄我

我说这就对了，儿子！
春天就是一窝正在孵着的小鸡
而且还真有许多许多的
小嘴，真的会一下下啄你
而它要啄破的那层外膜
比纸还薄，比你喜欢的大白兔奶糖
裹着的那层糖衣还薄
你说它能不着急吗？

我五岁的儿子异常兴奋
他说春天有那么多那么多小嘴啊
如果它们开口说话，到时
叽叽喳喳的，到底想说什么？

2004年4月9日　北京南沙滩

梨花，梨花

你们看见我素面朝天的姐姐吗？
你们看见我红唇白牙的妹妹吗？
穿越三十年尘梦，我素面朝天的
姐姐，我红唇白牙的妹妹，是否依然
在那儿站成一树树梨花，是否依然
在那儿湿漉漉地开，湿漉漉地白？

哦哦，一棵棵梨树，一树树梨花
并且是在雨中！并且开在春光
撩人的灿烂中，甚至还有蝴蝶飞来
蜜蜂飞来……我素面朝天的姐姐
我红唇白牙的妹妹，她们就随手
摘下三两只蜂蝶，插在自己头上

想想吧：这虚拟之美，有多美！
这开在纸上的梨花，当它们摇晃
颤动，然后像鸟群那样振翅欲飞
那将带来一场多么美丽的灾难
假如还有一个约定，我们就几乎要
纵身跳进花海，让火焰焚身

但谁是那个预约的人？谁能守着
这一棵棵梨树，这一树树梨花

让汹涌的花朵，刺痛自己的双眼？
而我们只是悄悄地从梨树下走过
信手捡起一瓣落花，那失聪的耳朵
一片喑哑，听不出是白骨的音乐

确实如此啊！我素面朝天的姐姐
我红唇白牙的妹妹，你们在梨树上
盛开，又在梨树下凋谢；当我
怀抱一把烧焦的梨木琴，弹响
天上的雨水，梨花便从我的指间
纷纷飘落，像一场崩溃的大雪

2003年3月12日　北京

再说瓷器

哦，素衣的女子，危险的女子
是站在悬崖边上的女子
而且还那样地轻，那样地白
白得就像去年春天绽开的
第一朵梨花，白得就像
去年冬天飘落的，第一场雪

风华不死啊！那烈火中的呼喊
和低吟，那恋爱中的痛与疼
在什么时候，竟被一道光遮盖？
好像什么也没有发生。但你的脸
你优雅的肌肤，却那么冰凉
仿佛用一根针也刺不出血来

风呼呼地吹过来了，这该是
一百年前的风，一千年前的风
它们就像刀子那样削着你的身子
而你就站在悬崖边上，就站在这
任何一只手都够不到的地方
把一声尖叫，卡在我的喉咙

那么，走近些！再走近些
脚下是斧头劈出的深渊，是扑面

而来的黑，然后你舞蹈吧，你
坠落吧，让生命开出一大朵花
那时有多少块碎片，就有多少个人
如同我，在为你疯狂颤抖

你说爱情是另一种深渊？另一种
历险？另一种忍无可忍的坠落？
噢，噢，你这站在悬崖边上的女子
你那么高高在上；现在我知道
我知道，越来越多的书写
只会把你悬得更高，或埋得更深

2004年10月6日　北京

卡萨布兰卡

烛光中那些模糊的脸有如模糊的音乐
沙哑的女声低沉，温婉，缠绵悱恻
把北非这座小城唱得如泣如诉
我的心在轻轻颤抖，仿佛窗外就是直布罗陀
海峡，刚进入睡眠的海水
忽然被一件庞大的事物微微惊醒

噢，卡萨布兰卡，多么伤感的音节
多么富有异国风味和情调
依稀是射程的盲区，浪人与线人的集散地
那些怀揣秘密的人神出鬼没
而那些寻找秘密的人，总在大街的拐角处
闪现或隐身，像一个个彷徨的幽灵

我敢肯定在这座咖啡馆的某个角落
也有同样的一双眼睛
在悄悄地盯着我，静静地打量我
你说我是他的情敌？他不慎失落的前身？
哦不不，这黑暗中隐藏的往事
即使调集一生的想象，也难以辨认

这大概就是我欲言又止，久久坐着的原因
并且在不断地追问：你是谁？

你此刻在哪里？明天又将在哪里出现？
生活中总有一条狗在疯狂地追你
你必须谨慎地奔跑，就像我在这首诗里
必须谨慎地绕过语言的暗礁

啊，卡萨布兰卡，卡萨布兰卡……
一杯苦味的咖啡，一个绵软的词
一段怀旧音乐呈现出来的略显低沉的部分
你说真有什么隐藏在其中？
就算是迟到的爱情吧！但你说，你说
当爱情在这个夜晚真正来临
你是否还有力量去迎接？去承受？

2003年4月28日　白石桥

爱情如滴水穿石

我断定这句诗早已埋藏在我生命的
废墟之中，然后它独自翻身
露出峥嵘的一角。我看见它或听见它
只不过是我看见或听见
我的伤口在痛，我曾经的爱情在痛

你听我隔壁的水依然在滴，在滴
那么空洞响亮，坚忍不拔
但黑夜依然弯下它那庞大的脊背
让这滴水从黑到黑，从这次
睡眠，到下次睡眠
就这样空洞下去，响亮下去
坚忍不拔下去。那滴滴答答的声音
有如一场战争，被拖入泥潭

噢，这个晚上我又在失眠
这滴水因此被我反复看见和听见
并让我反复感到它的
冰凉，柔韧，和凌迟般的缓慢
在一滴水与另一滴水之间
我只能引颈就戮，就像一只野兽
落入陷阱，等待被猎人捕杀

爱情难道还会有第二种写法？

这欢乐和痛苦的源头

温存而持久的暴力

没有人能逃得过它缓慢而柔韧的打击

就像这滴水，在滴答中既腐蚀

金属，也腐蚀时间

你沉默，你坚硬，你即使是块石头

也将被它滴得体无完肤

这注定是一个荒凉的夜晚

如同我荒凉的睡眠。在一滴水和另一滴水之间

在从黑到黑中，我辗转反侧

眼见着四周……杂草丛生

2005年12月3日　北京南沙滩

秘密埋藏得那么浅

生活像不像高挂的灯笼？风吹雨打
它那鲜红而缜密的纤维
正渐渐变得稀薄；但它内部的灯
却渐渐、渐渐变得明亮起来

我想说的是那些秘密，那些秘密的书写
秘密的爱，秘密的丑行和劣迹
它们互相拥挤又互相排斥
就像在大河里的沉积的卵石，哗啦哗啦
总是被隐隐的流水摩擦和推动

秘密是不甘寂寞的，甚至经受不住
任何一阵风的鼓吹和撩拨
而当你老了，当你怀抱一册山河沉沉
入睡，它们将挤破你梦的栅栏
一路狂奔，一路发出饥饿的叫喊

现在你还想藏住什么？你还能藏住什么？
现在连青铜都在生锈，连金子也被腐蚀
而面对波涛起伏的大地
有那么多的手，早已把秦砖和汉瓦
从机关密布的墓道里连根拔起

深藏秘密的人！你该是有福的人啊

比家藏万贯还让人羡慕

而我的秘密埋藏得那么浅，那么浅

那么请你带上锄头，带上锋利的洛阳铲

我心地坦荡，不怕你来挖掘！

2003年3月10日　北京

面对一条河流

你看这条缓缓流淌的河流

沉寂，喑哑，与大地和山脉

保持相同的沉默

仿佛它负重蹒跚，仿佛它再也载不动

天上的流云，满河的

落花、衰草和翻滚的泥沙

甚至它不愿再发出咆哮

不愿再用激情的头颅

愤怒撞击两岸的沙土和岩石

但我的身体在微微摇晃

水从我的脚踝开始，渐次淹上

我的腿部、腰部和胸部

并且在继续沉没；继续摇晃

又渐次淹上我的脖颈

让我探出的头颅，形单影只

像一只苦命挣扎的浮标

但水底的力量却在一再提速

一再让我的脚下踏空

哦，这条我在三十岁渡过的河流

我在四十岁渡过的河流

它究竟在什么时候

什么时候，藏着一把斧头？

此时我两眼茫茫，就这样

被卡在一条河的中央

我苦乞着脸，向前看与向后看

那跳动的岸，都逶迤在

相等的距离和相近的地方

但我却筋疲力尽

随时将被淹没，就像一朵泡沫

随时将被一个大浪扑灭

你说，我是该原路退回去

还是继续向前走呢？……

这就是我正在渡着的那条

中年的河流，而且已

临近尾声，而且老之将至

当我在水里微微摇晃

从心里发出一声声呐喊

我知道没有人能听见

也没有一只手，可以从远处伸过来

将我搀扶和拯救

2005年11月19日　北京南沙滩

我拥抱我的母亲

我要抱抱她！沿路上我都这么想
我知道这多少有点夸张
但我确实是这么想的
也这么做：这是在北京西站
在列车即将开走的时候
我张开怀抱，紧紧地抱住了她
而当着那么多人的面
她竟有些恐慌，有些不知所措
我甚至感到她在我怀里
颤抖，脸上浮出一片羞赧

一个五十岁的儿子
拥抱他七十岁从乡下来的母亲
难道还需要理由？
但我们多么不习惯用这样的方式
来表达内心的感激和亲热
我想这肯定与情感无关
与爱无关。那么是城市里无根的水土
是迷乱的街道和灯火
在不经意间，让我们的心
在一点点变冷和变硬？

我七十岁白发苍苍的母亲

从乡下来到城里

来到她大儿子我的家

先是到故乡的小镇上镶了一副假牙

又请小镇上的美容师

用廉价化妆品，把白发染成黑发

（为此，她身后的白衬衣

被弄得斑斑点点，欲盖弥彰）

当她在车站第一眼见到我

当她要喊出我的乳名

又急忙吞了回去

脚下却慌不择路，差点把自己卡在

车厢与站台的夹缝中

我七十岁白发苍苍的母亲啊

她当然知道我的家

其实就是她的家

但她却站不是，坐也不是

连说话都要鼓足勇气

像她时刻担心把脚上的土

踩落在干净的地板上

八月的天那么热，又那么闷

但她从未想到去开窗

从未想到主动打开空调

而吃饭的时候，她总是环顾左右

先要看看我妻子的脸

有几次我看见她在痴痴地

看我，和我五岁的儿子

我想这时候她的心一定在颤抖

她一定感到她够不着我们

因此当我七十岁的母亲恋恋不舍

而又如释重负地

坐在回乡的列车上

我张开怀抱紧紧地抱住了她

我要让她感到一个五十岁的儿子

一个住在城里与她隔着

千山万水的儿子

也永远是她的儿子

虽然我知道有些东西，是我们

想抱，也抱不住的

2005年8月18日　北京南沙滩

我的村庄，我的乡亲

光着两只脚，披着一身草叶和露水
昨天夜晚你们又来到我的梦里
和我长谈，说着一些没头没脑的往事
提起一些影影绰绰的人名和地名
我甚至没来得及询问
你们这是从哪里来，将到哪里去

对不起啊，我是个不常回家的人
说不出任何理由
只是不断地被一些事物的藤蔓
牵扯和缠绕，把计划中的归期一推再推
但岁月这条河流有多么宽阔
它把我们布置在两岸，却没有布置
一条船，让我们相互抵达

因而我倍感羞愧和汗颜
当你们手足无措，把自己像破絮那样
堆放在我宽大客厅的沙发里
当你们看见自己的脚印
一只一只，漂浮在洁白的瓷砖上
当你们反复申明只是偶尔路过
只是进来讨碗水喝
我张开嘴巴，却发不出声音

你们这些亲过我，抱过我
用热烘烘的胸膛暖过我
在大饥荒的年代，从喉咙里掏出
最后一粒粮食，最后一口水
在危难中喂过我的人啊
长年在田野里挖掘，在石板上睡眠
粗糙的胃里塞满泥沙和叹息
那额角的汗珠，如豆如雨
依然在我的眼前滚动和滴答

然后你们叫出了我的乳名
说出了我曾经被狗咬过的伤疤
而且用那么熟悉的乡音
那么顺畅，充满体恤和怜爱
这让我即使在梦里做梦
即使衣冠楚楚，也依然
心惊肉跳！就像有什么东西
在突然沉没，突然坍塌

但我却叫不出你们的名字
我语无伦次，脸酣耳热
终究分不清作为根须，作为枝杈
你们到底出自哪个谱系
而你们都开心地笑了

你们说：记住这些有什么用呢？

记不记得在村里的河滩上

有许许多多卵石，我们就堆在那里

你只要记住了其中的一块

就记住了一条河流

2003年4月13日　南沙滩

距 离

这一上午他就蹲在我家的阳台上
用一大团黑，补那一小团白

这一上午我都在读诗，在与阳台相通的
主卧的大床上，以各种姿势仰躺着

坚硬的诗如同坚硬的墙，那敲敲打打的
声音，怎么也钉不进书里去

妻子说：看住那些东西！看住这个人
这里的每样东西都比他的一天贵重

而他说：大哥，你家的墙壁可真白啊
比我那小闺女的脸蛋蛋还白呢

而我说了什么？我记得我什么也没说
我只说是是是，我只说啊啊啊

这一上午，有两只风筝从窗外飘过
有三只苍蝇撞晕在窗玻璃上

这一上午他就这样蹲着，我就这样躺着
我和他，中间隔着一首诗的距离

2004年10月6日　北京南沙滩

我迟到的儿子像一粒花生

每天早晨我都要比我儿子更早地醒来
——我比我儿子更早地醒来
只是想赶在他睡醒之前
好好地端详他，看清他的每个细节

这是黎明到来的时候，也是我
在这一天中最洁净的时候
此时窗外天朗风清，我仍在睡眠的儿子
正蜷身而卧，就像一只虾那样团着
小小的鼻孔里打出一串轻微的鼾声
两扇鼻翼就像簧片那样振动
又振动，好像在他柔骨无力的身体里
怀抱着一件闪光的乐器

我最愿看到我睡着的儿子将醒未醒的样子
这时他的脸会渐渐变得生动起来
就像一朵花，在渐渐绽开
这时他稍稍塌陷的鼻梁将沁出几颗汗珠
晶莹剔透！这让我怀疑躺在我眼前的儿子
是我的倒影，是另一个我
而我妻子则会久久地盯着他光滑的下颚
说：我的天啊！这个小小的人儿
他是用一架什么机器复印出来的？

这时初升的阳光正照着我儿子

正照着他团着的蜷身而卧的身子

这使他通体发亮！就像

刚刚长出一层红色的皮肤

又像一只挂在树梢的色泽鲜艳的水果

但我认定他更像一粒花生

一粒刚刚从土里挖出来并刚刚剥出壳的花生

你看他穿着的那身红红的胎衣

还那么鲜艳，那么严丝合缝

犹如书籍封面覆盖的那种光膜

是的，是的，一粒花生！

我迟到的儿子就像一粒花生

而且是刚刚剥出壳的花生

而且颗粒饱满，品质纯正

没有一丝瑕疵和斑点

我说过，当我发现这个秘密的时候

正是他在早晨将醒未醒的时候

正是他像一只虾那样团着的时候

这又让我怀疑这是不是一个梦

是不是刚刚被大风吹来的

一个美丽的念头

这么说，我和我不再年轻的妻子

就该是我儿子剥剩下来的

那两片硬硬的壳了

实际上我们已老得疙疙瘩瘩

老得筋疲力尽

我们用尽大半生的心血

在生命中奋力地剥，奋力地剥

把他从我们的身体里剥出来

然后便静静的，空空的

躺在这粒花生的两边……

2003年4月29日　南沙滩

夕照：红色佛塔

在大风中。在大雨中
在大旱中。在大火中

把泥土打进泥土中去
把木头打进木头中去
把铁打进铁中去

佛塔在升高！这是我们
唯一的祈祷，唯一的牺牲
唯一的抵抗和皈依

在大风中。在大雨中
在大旱中。在大火中

从陶罐里倒出最后一滴水
从脚窝里攥出最后一把土
从喉咙里掏出最后的鸟鸣

把汗打进汗中去
把血打进血中去
把骨头打进骨头中去

然后，沙推拥着沙

尘重叠着尘，发丝

纠缠着发丝，然后

向茫茫上苍高举这最后的祭坛

这最后的天空，最后的大地

让它——把神留住，把根留住

2000年1月13日　楼兰归来

会飞的湖

听那种声音！听那种天崩地裂的声音
听那种海枯石烂的声音，何等专横
跋扈！又何等刁蛮。屠城就这样开始了
你没看见遍地的头颅都在滚动？

哦哦。大风如潮水，打落千年花朵
千年河流，千年飞鸟和王冠。听那
一大片滚烫的沙子，揭开一大片天空的
皮肤，在飞翔中一再发出啸叫

而这千年的湖水，在大风中燃烧，
在大风中翻滚，沉落，枯干；船沉进大地
鱼和水草纷纷游进石头里。但石头
也在腐烂！就像一头巨兽瘗骨黄沙

最后的水就这样伸出枯槁的手
疯狂地咬住岸，咬住岸上的日月和星辰
但海枯了，石烂了，大风给了你一双
会飞的翅膀，你又为何不飞呢？

2000年4月2日　楼兰归来

大道七日

第1日：大道通天

那场大雨是在六天之后追上我们的
那场大雨将在什么时候
什么地方，追上我们
老实说，事先我们都一无所知
甚至从来就没有想到过雨

谁会相信在这样的天气会下雨呢？
那时阳光一掷千金，把这片
起起伏伏的大地，照得遍地金黄
就像用一场厚厚的暖暖的大雪
铺满她的山峦、谷地和渐渐熟透的平原
那时在道路的两旁，空荡寂静
几乎看不见一只多余的蚂蚁
在蠕动，在思想，在奔跑
那时，当我们乘坐的奔驰牌中巴
像这六月的穿堂风那样
从她的最北方，向她的最南方
刮去，举目之处
到处都是胜地啊，到处都是典藏啊
又到处都充满鲜亮和惊奇

哦哦，这些有趣的爱吃面但更爱吃醋的

山西人；这些按照三兄弟的意志

曾经悄悄地把一个叫晋的大国

分成三个小国的人；这些即使大名鼎鼎的

孔夫子的车辇，轰轰隆隆来到城下

也不愿打开城门去迎接的人

这些曾经把道路削窄又削窄，直到削得

只允许他们自己的火车通过的人

他们说领我们去看一座山

却只让我们去看山中的那座寺

而他们带我们去看的那座寺

已经摇摇晃晃，那搭在悬崖上的建筑

仿佛随时都要倒塌或飞走

然后他们领我们去看一座塔

一座刺破青天的塔，一座

据说可以与比萨斜塔和艾菲尔铁塔

齐名的塔，但我们从它的第一层

数到最高一层，也没有数清楚

它到底是六层还是九层（嘿，他们在

牌匾背后和木檐背后，还藏着三层）

而且拒绝铁！拒绝金属的蛮力

甚至喝令那些粗大的木头

长出牙齿，让它们一根咬住一根

一年咬住一年，一代咬住一代

就如同此刻，他们正用奔驰车的

速度，咬住我们的神经

大道通天！这是最让我感到晕眩的

而且那么宽阔，那么平坦

那么纵横交错，那么行云流水

——时光变幻太快了——

在这样的大道上赶路，我们的心刚刚还陷进她

深深的迷宫里，在黑暗中找不到出口

身子却像一根轻盈的羽毛

忽然被一股浩荡的风所吹动，再吹动

或者像一页纸，一个跌宕的浪头

你扑卷，你跳跃，你翻滚

但却怎么也挣不开河两岸的钢铁

向你一路伸出的

那两道浩大而坚强的臂弯

第2日：灰在灰中运动

从大同到忻州，天空是最暧昧的那种灰

天空下的大地也色泽模糊

好像正被一场薄雾笼罩

而旷野中的树木、蒿草和咩叫的羊群

它们在灰中静止或观望

仿佛可以相互混淆

这时灰色的火车出现了

是呜呜的汽笛提醒我们这是个活物

使灰在灰中运动
如同希区柯克布置的一个悬念

我突然注意到了这些火车！
这些山西的火车，当然都拉着山西的煤
而且那么长啊！那么长
长得就像一条大河在移动
就像一条辽远的地平线在移动
我认真地数着它长长的车厢
然而直到离开山西
我也没有完成这道简单的习题

我承认我从没有看见过这么长的火车
但在这里是个例外
这么想着的时候
我发现我的心好像被什么割了一下
我想这些火车每天都在拉啊
每时每刻都在拉啊
怕有五十年了，一百年了
山西，你那沉默的黑色的内脏
如今还没有被掏空吗？

突然想到了"能源"这个词
而且必须以"国家"作前缀
我说我现在终于知道你有多么沉重了

终于知道你是用什么堆成的了
因为我看见了山西
看见了山西长长的运煤的火车
看见了它被压弯和压碎的道路
还有飘在空中的那种灰
我明白还有些东西是我看不见的
比如大地的眼泪和呻吟

你还在窃笑？还在打听山西的铁轨
到底是宽还是窄吗？
请先去量量这些火车的长度！

第3日：我对雁门关说

昨天夜晚我又梦见那只大雁了
梦见那团黑色的飞翔的火
一头钉在这关楼上，触目惊心

我就是冲着这座关楼而来的
就是冲着这关楼前的旗杆
这关墙上逶迤而去的垛口而来的
你说我也是一道关？那么在我的身体里
也垒满了城砖和石头？
这么说，在我清脆的骨骼中
就应该锈蚀着秦朝的残戈
汉朝的断戟，和宋朝的箭镞
说不准还有一粒从日本人的三八大盖中

凶狠地射出来的弹丸呢

我想是的，是的，就是的！

请拨开关楼下那层虚掩的浮土

耐心去找找吧，在那儿肯定有一块

被刀光和剑影漂白的骨头

而且那骨龄还那么年轻，那茬口

又那么锋利如初，就像那把

当空劈下来的重剑或斧钺

（勇士的伤口与饮血的兵刃

如此严丝合缝，璧连珠合

我想我是有福了……）

果然是想象中那样的荒凉！果然那关墙

那城堞，那曾经凌空展翅的飞檐

就像脊骨那般坍塌了下来

果然风雨的脚印，在那些碑上

在那用几千年的尸骨垒筑的点将台上

踩得比铁还深，比火还深

而西风吹雪，也早已干干净净地吹去了

在幽幽古道上散落下的那些

汉武唐宗的马蹄，宋皇清帝的

歌哭；还有美人帐下的那些娇嗔

那些缠绵，那些丝绸般的肌肤

嗬！连关门上的那片铜环也被漫上来的

羊群，一点点啃秃了

有如白云苍狗啃过的瓦当

城春草木深啊！从墙缝里蹦出来的那只蟋蟀
你是否还能告诉我：白驹过隙
是谁曾在马上胡服骑射？
是谁曾用出塞的琵琶弹奏
比江河还幽愤并悠长的离愁和别绪？
谁又在孜孜不倦地摇晃着那些
沉闷而又饱含苦味的
根芽，让它们像叹息那样疯长？

啊，大道朝天！一道关
就这样被扔在放牧人冰凉的脚底下
被扔在凄迷的青草和蒺藜之中
而那条用鹅卵石钉成的，被刀剑和火光
反反复复磨砺的茶马古道
就这样被扔在记忆的浮尘里
如同蛇再生后扔下的蜕
如同蚕破蛹后扔下的壳……

但我要对雁门关说，我昨夜梦见你
我今夜便不再梦你了！
我说你坍塌就坍塌吧，荒凉就荒凉吧
你看你关下那八万米岩石
多少马蹄，多少支箭

都未曾擦去它的一星粉末

而就在昨天，它竟被一条比箭还直的

隧道，在一瞬间射穿了

是这样！现在我只好说或只能说

让沉睡在关中的古人，暗自去

垂泪吧，让风雨的手指

继续去撩拨遍地的青草吧

这已是一片不再需要关的土地

一片铸剑为犁，到处都在修造大道的土地

而一片不再需要关的土地

一片敢于把天下第一雄关，就那样

随手放在风景区里的土地

那必定是一片从容的土地，坦荡的土地

一片大象无形，大音希声

而且八面来风的土地……

（我想对山西人说，关将不关

现在是你们有福了……）

第4日：牧者或黄河铁人

那个昂首问天的牧者，是我吗？

一个高大的武士，一个天生的

劳动者和殉道者

天生的哀愁，让我把伤痕斑斑的一双大脚

深深地插在由黄河淤积的泥土里

必须勇敢去出征！必须按照那个
至高无上的意志
去与汹涌的水，浑浊的水
肌肤相亲，达成最大的默契与和解

挽弓的手当然也能挽缰，当然也能
挽狂澜于既倒，挽江山于既倒
这是一种宿命，一种伟大的宿命
那光荣的应征和不朽的召唤
他们看中的或选择的
也许正是我那狂妄不羁的野性
我手中沾满的杀伐之血

大河无休无止奔腾，无穷无尽咆哮
正好可以洗净我前生的罪孽

睁大你的眼睛，能看出这铁索
连舟的布阵，辨出那
天中之天、地中之地吗？
但土地是我永远的归宿！是我们最深的根
因此你别问我从哪里来，别问我
从哪个部落的哪条血脉中来
牧水为锚，我只要你从我的头顶走过
噼噼啪啪地踩踏我的骨头！

走吧走吧，就让我把这头六十吨重的大牛

把一个国家的铁和梦想

一直牵进黄河里去

一直牵进渐渐沉积的黄土中去

第5日：壶口，壶口

天老地荒！那岩石实在太坚硬

太辽阔了，简直漫无边际

而岩石上的浮土，浮土中的颗粒

永远都是黄色的

且汹涌，且凹凸，且狰狞

仿佛一地的魂魄在冲撞，在挣扎

在承受着命运的

煎熬与打击，摧残与屈辱

在这里生活的人们，同样也将在这里死亡

——这是我无法回避的——

我想说，既然有深渊一样的福祉

就该有深渊一样的苦难

就该从岩石中凿开一条路来

让我们的脚踩着刀尖，走向大海

而黄土汹涌，当你们把腰像弓那样

弯下去，再弯下去

当你们像岩石一样翻身，把手

像祈雨那样伸向天空

那么，应该以什么样的悲悯
来拯救和托举你们?
应该用一把什么样的锤子
叮叮当当，敲响沉睡在你们身体里的
那口沉默已久的钟?

我就这样看见了我们母亲眼角的
那一滴泪，和泪里的火光
我就这样看见了她展开庞大的身躯
劈开大地，劈开你我骨头中的
尘与土，让它露出高上云天的陡峭
露出锋芒! 露出斧劈刀砍般的
落差，然后它力拔千钧
把一条河，从这高高的悬崖上
轰然倒下去，倒下去……

噢，现在你听见了吗? 现在
水在水中呼喊，水在水中咆哮
水在水中迷失和破碎
发出惊天动地的回响
那可是金的声音，银的声音
青铜和黑铁铮铮撞击的声音
它震古铄金，足以让五千年的郁闷
五千年的黑暗和冥顽
在这一瞬之间，坍塌和崩溃

想想吧！那么一种惊艳的跳跃和跌落
那么一种壮阔的疼
除去母亲，谁还会如此敞开胸膛
把这道最深的伤口，裸露给你看？

而流水依然像从前那么柔软，那么坚硬
那么从容不迫和义无反顾
当水们擦去伤痕，在悬崖下
重新找回失散和破碎的部分
然后重新列队，继续向前奔腾
我们的母亲便在她血肉模糊的胎盘中
对我们，对她孕育的子子孙孙
完成了一次最庄严的教育

啊啊！这就是我理解的黄河！
这就是我理解的母亲！
尽管道路艰险，我们还未走到壶口
还未走到那深埋着我们祖先的
山西与陕西的接合部
但我分明从我的血液中
我的灵魂中，听到了那里的涛声

——它轰轰隆隆，此起彼伏
就像今夜持续不断的雷鸣……

第6日：在秋风楼读秋风辞

我说，快脱去你那件飘摇的龙袍吧
现在我要让你一步越过这条大河
再次回到这座临水的木楼上
站两千年，想两千年
看眼前的秋风怎样磨亮它的刀子

黄河依旧汹涌；依旧衔一轮高天的白日
在萧鼓中流，在棹歌中流
河那边的兰啊，河这边的菊啊
你们纤纤的身子细细的腰
此刻又在草木中枯黄，在白霜中凋落

而那些美人也总那样如鲠在喉
总那样比芦苇还茂盛，比桃花还灿烂
但说尽缠绵，她们那十粒
比芦根还白的小脚趾，却蹀蹀躞躞
经得起秋风的几次砍伐？

哦，在这样的夜晚，谁还在西望长安？
谁还在马踏飞燕？谁又继续在一壶浊酒里
醉生梦死？而你说：人啊，人啊
你站起来是一片江山，躺下去是一堆黄土
唯有青草爱你爱得最疯狂……

第7日：灵性雨

这场雨终于在第七天来临！先是
暴跳的雷，那声嘶力竭的吼声直至喑哑
而受惊的火球上蹿下跳，像要把天地
缝合在一起，又像要推得更远
然后大风大雨和冰雹接踵而至
连我们在高速路上乘坐的车辆，这些
钢铁的巨兽，都发出虎狼的吼叫

天就这样黑了下来，像夜那样黑
像它地底下的煤那样黑
我们坐在踩死的汽车上，看不清各自的脸
（在这孤岛上语言是没有用的）
唯有这场雨是今夜的贵客
密不透风的雨和密不透风的冰雹
如此酣畅淋漓，这让我想起一个阴谋
一场突如其来的战争

大雨中的山西人会在想什么呢？
沿路上我所悲悯的那些
在贫瘠中生长的麦子、谷子和高粱
又会在想些什么呢？
哦，我干涸的地母，我着火的焦炭
今夜你们素面朝天
是否准备好了一个坚强的胃？

这时我看见了那些树，那些长在塬上

长在旷野上的那些大树和小树

——它们在呼啸！

暴风雨一次次横扫过来

它们把枝叶倾向一边，把高傲的身体

一次次像弓那样拉开

风越大，雨越急，那些弓便也拉得

越弯和越满，仿佛瞄准天上的某个目标

正要万箭齐发；又像一支支笔

一支支逆风竖起的鹅毛笔

在大地上，在大雨中

正豪情万丈，奋笔疾书

投入一种伟大的抒写

哦哦，我想这场雨，和这些树

肯定是一种暗示，一种提醒

一种三晋大地偶尔露出的峥嵘

是的！弯弓射雕或奋笔疾书

这正是我突然找到的热爱这片土地的理由

我甚至突然爱上了这场雨

爱上了这些树，爱上了粗暴而疯狂地

震荡着这片大地的那些冰雹

就像我爱上了你挖出的那些

漆黑的煤，和漆黑的吼叫

虽然来到这里我并未准备遭遇爱情

但真正爱情的到来

那是谁也无法抗拒的!

2004年7月1日—18日　北京

第五辑

～

烤　蓝

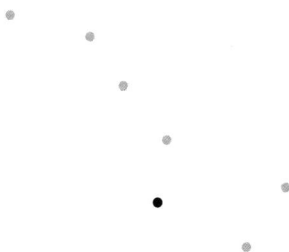

烤　蓝

我要写到火　写到像岩浆般烧红的炭
写到铁钳　铁锤　铁砧
写到屠杀和毁灭前的
寂静。而我就是煨在炉火中的
那块铁　我红光烁烁
却软瘫如泥　正等待你的下一道工序

我要写到铁匠的饥饿　仇恨　愤怒
写到一条雪白的大腿从顶楼
的窗口伸出来　打翻昨夜的欲望
我要写到比这更剧烈的
冲床　铣床　刨床　它们的打击是致命的
足以一剑封喉

我要写到血　它们在铁中隐身
粒粒饱满　有着河流般的
宽阔　蛮野　生猛
但却不允许像河流那样泛滥
我要写到地狱　写到它与天堂的距离
就像我与死亡的距离　近在咫尺

我要写到这块铁从高温的悬崖
跌落下来　迎接它的是

零度以下的寒冷　然后带着这一身寒冷

再次进入高温——如此循环往复

并在循环往复中脱胎换骨

渐渐长出咬碎另一块铁的牙齿

我要写到烤在这块铁上的那种蓝

那种炫目的蓝　隐忍的蓝

深邃而幽静的蓝

我要写到这种蓝的沉默　悬疑

引而不发　如一条我们常说的不会叫的狗

如一颗在假想中睡眠的弹丸

2009年1月7日　北京平安里

高　地

"我注定要死在那座高地！"

请相信，这句话我只埋在心里
我是说给我自己听的
我想我应该这样说，就像我应该
叮嘱我的腿，翻越关山
应该叮嘱我的肋下
长出两扇翅膀，如同一只鸟
在没有路的地方
披荆斩棘　开辟我的道路

我的高地在哪儿？高地上
谁将与我对峙，摆开森严的壁垒？
谁又将为我隆重布置
雨暴，风狂，繁花般盛开的火焰？
这不是我的事情
告诉你吧，我只是一颗子弹
一束在大地和夜空中
一闪即逝的光，持久的
沉默，只是在等待某个瞬间

噢！我是一个农民的儿子
无数个农民的儿子，我心狂野啊

攀爬是我的天性

我在自己的土地上匍匐，翻滚

吞咽沙土般坚硬的日子

又像倒悬的壁虎，以粗糙的手指和脚趾

吸附于悬崖

只是想增加高地的陡峭

或者把高地，垫得比从前更高

而高地永远不止一座，或几座

高地只在高地之上

只在我们的血流与呼吸之上

因此我总是对自己说

我注定要死在那座高地

就如同跳高者对他向往的高度说

你困扰我一生，诱惑我一生

但我注定要被你

召唤，注定要被你幸福地埋葬

2009年10月8日　平安里

歌，或者赞美

唱个歌吧！在队列里，在行进的大道上
一堆火就这样燃烧起来；一条大河
就这样奔涌起来；一阵阵雷霆
就这样轰鸣起来，震荡起来，山呼海啸起来
唱个歌吧！兵心似铁，歌如炉

此歌非彼歌，这是需要特别强调的
就像我们必须特别强调
你无需字正腔圆，无需柔肠寸断
但这样的歌唱起来，你必须青筋暴跳
必须血脉偾张，直至嘶哑

就像一座山怒吼着，咆哮着
撞向另一座山；就像一群烈马撒开四蹄
在原野上狂奔，踏起漫天烟尘
就像德沃夏克用重槌和弓弦，用震颤世界的
铜号，喊醒一片沉睡的大陆

而在歌声中沉浮，在歌声中站立和行进
你是幸福的，快乐和勇猛的
因为你正被一种力量提升和融化
当你打开喉咙，其实就是打开生命的
阀门，让热血如大河放纵奔流

也许这是最后的时刻，旗帜上满是弹洞

鲜血就像溃堤那样喷涌而出

我们说唱支歌吧

那时这支歌就成了我们最后的堡垒

成了我们用身体射出的，最后一粒子弹

2007年10月28日　南沙滩

无名无姓

士兵们请注意了，现在是提问的时间
现在让我们一起来想想——
当一场战争打下来
在战争中，被第一颗子弹打死的
是谁？被最后一颗子弹打死的又是谁？

士兵们，请注意你们此时此刻站立的
位置，我是说此时此刻
在你站立的位置上，在六十年之前
八十年之前，站立的是谁？
那么在六十年之后，八十年之后呢？

——沉默。士兵们像山脉那般沉默
像他们紧握的枪那般沉默——
哦哦，这就对了。我知道你们答不上来
这就要说到命运，一个士兵的命运
因为你就像一粒细小的沙子

卑微，粗糙，像时间那样默默无闻
但却必须经受住时间的反复
消磨，反复淘洗、摔打和抛弃
然后被一阵狂风席卷而起
那时你就勇敢地去飞吧，去呼啸吧

而战争是一架机器，一架制造英雄的机器
到那时你将用瞎去的一只眼
或断去的一条腿，点燃掌声和鲜花
——但这又如何呢？
掌声和鲜花也会凋谢，也会沉寂

最后我还要说到时间，它冷酷，健忘
就像我们伸出的手掌密布夹缝
当一阵阵风吹过，你说有几粒沙子
能卡在其中？就像在山冈上耸立的纪念碑
住在那儿的，都无名无姓……

2007年10月29日　北京平安里

热爱这支枪

你可以把它想象成一道堑壕
一座环形高地
一个随身携带和移动的堡垒

一个士兵有一千种理由
热爱这支枪
就像一个婴儿有一千种理由
咿咿呀呀，热爱他每天含着的奶嘴
或者你可以把它想象成恋人
想象成继承你天性的孩子
每天搂着它，抱着它
枕着它入眠
与它形影不离，相亲相爱

我们知道枪都有枪号
却没有档案（虽然我们认为它应该有
但确实没有）这就使一支枪
变得陌生和神秘起来
变得有点来历不明
比如你是否知道：在你接过它之前
有谁曾佩带过它？
在战场、靶场或案发现场
有谁使用过它？

从这支枪的枪膛里飞出去的子弹

曾杀过人吗？杀死过几个人？

他们是好人还是坏人？

如此一想，一支枪握在你手里

你就会忍不住颤抖一下

这支枪就会变得

沉重，悬疑，不怒而自威

枪都是有灵性的。用过枪的人

或与枪打交道的人

都这么说，而且在说这话时

脸上都浮现出对枪的迷恋、偏爱和敬畏

因此你必须不断地擦拭它

摩挲它，用你手中和怀里的体温

像温润一块玉那样

悉心地抚摸它，温润它，

如果有可能，还可以把它含在嘴里

让它和你一道思想和呼吸

一道潜入意志的岩层

那时，它便会对你开口说话

对你吐出它深藏的奥秘

你摸得出一支枪的心跳吗？

听得见它偶尔的咳嗽

它在失意的时候

或落寞的时候，对着无边的寂静

独自低语和呻吟吗？

一支枪交到你手里

你如果不像孩子般地抱紧它

呵护它，与它患难与共

肌肤相亲，当危险来临的时候

当你四面楚歌的时候

它凭什么伸出钢铁的手臂

死死抱紧你？凭什么像条猎犬

那样，呼的一声蹿出去

帮助你怒吼，撕咬

让你死而后生，在绝地展开反击？

我至今还记得我用过的那支枪

记得它是：中国制造

五六式，仿苏AK-47

单兵装备五个弹夹，150发子弹

既可单射和连射

也可慢射和速射

枪号：19541205307406

而我记住这支枪，是因为它在陪伴我的

那些日子里

我用它陪伴着我的祖国

岁岁平安，从未用它杀过人

2009年6月19日　北京平安里

闲暇时数数子弹

最优美的身子与最狂野的心脏
结合在一起
这就是竖在我面前的子弹

我在看着这些子弹，数着这些子弹
我把配发给我的十粒子弹
弹头朝上，一粒一粒竖起来
像队伍那般排列起来
认真地数，仔细又反复地数
我想每粒子弹其实都是
一只鸟
一生仅能鸣叫一次，飞翔一次
在它还没有鸣叫和飞翔时
我要数清它们，就像数清我的手指

就像每次发起进攻之前，我必须
数清楚我面前的十个士兵
他们可都是我的兄弟
年少气盛，也像一排子弹那样在蓝天下
竖着，怒放金灿灿的光芒
而我知道走进战争的人
有如飞向战争中的子弹，当他们呼啸而去
这时你的手指就断了

这时候如果拾起一枚弹壳
你将看见它在滴血，在呜咽

闲暇时数数子弹，而且要认真地数
仔细而又反复地数
这是我在当兵时形成的习惯
我乐此不疲的一种嗜好
是这样的！我不认为这是一种游戏
一道简单的算术练习
就像我不认为谁都能数清子弹
谁都能掂出一粒子弹的
重量、质量，和它的爆发力

哦，子弹的造型，实在是太优美了
你只有把它压进枪膛
听见砰的一声，又噗的一声
你才知道战争有多么丑恶

2008年1月22日　北京南沙滩

步兵们

啊啊！我属水的肺叶，应该
长出鳃；我属土的脚掌
应该长出蹼；但我属火的喉咙
必须用来呐喊，我每天都要
喊醒草，喊醒沙，喊醒
深藏在我身体里的那头野兽

多么苦命的职业！与虎狼
为邻，危险而又凶残，就像
一只奔跑的缸，我随时都将
被风打碎；或者我就是风
凌厉并凶猛，我呼啸，我怒吼
只为打碎另一只奔跑的缸

就这样前进，前进！让我的骨骼
在生长中断裂，在断裂中生长
因此我骨节粗大，你只需轻轻一敲
便能听见岩石的回声；因此我
移动，是大地的一块皮肤在移动
是祖国的一块骨头在移动

汗珠和血珠从我高耸的额头上
滑下来，滑下来，再滑下来

那运动的方式，沉重而舒缓
构成从山脉到河流的走向
又像一滴岩浆，在黑暗的溶洞里
滴落，让时间悄然坠入虚空

因此我手里的枪，我原始而沉重
的属性，只能用我脚下的力量
命名；因此我腾挪，我攀升，我匍匐
我一步，一步，又一步
先迈出左腿，但绝不会想到
我还能把右腿，重新再收回来

告诉你：在这个硕大的世界上，根和
翅膀，是我最想得到的两样东西

2002年1月10日　白石桥

十二枚钉子

阳光砸在我头顶上。阳光它响亮地
砸在我的头顶上。我们十二个人
在八月的太阳下，站成十二棵树
阳光响亮地砸，响亮地砸！它要把我们
砸弯，砸扁，把我们深深地
砸进泥土中去，砸进岩石中去

我们目视前方。我们不动。我们
十二个人。十二个患难兄弟。十二团
日夜抱紧的血肉，在八月的太阳下
站成十二棵树。十二根木桩。十二道
雪白的栅栏。我们唯一要做的，就是
把自己的影子，狠狠地砸进泥土

我们来自十二个方向。十二条道路
十二滴黏稠的血。又被十二道
耀眼的光芒，删繁就简，千锤百炼
但我们不动，就是不动！直到让阳光
的瀑布，打落病中的叶子，直到让
年轻的骨架，回响金属的声音

八月的太阳多么酷烈！八月的烈火
穿过我们的十指，在熊熊燃烧

八月的阳光在我们的头顶上响亮地砸
响亮地砸！它要把我们砸成十二道
墙。十二道关。十二枚亮晶晶的钉子
钉下去，便再也拔不出来！

2001年8月16日　北京

升　腾

光芒自大地的胸膛訇然咳出
我们所看到的只是
一朵巨大的红，一朵巨大的黑
然后一滴巨大的硫酸，从高空
跌落，蚀空所有的眼睛

这是我们从未经历过的黑暗
从未承受过的攻城之火，掠地之火
和野兽之火，比地狱更深
就像大风卷过石头屋顶
——世界就这样沉落了，我们
再也找不到一件御寒的外衣

光芒还在上升！以惊世之美
把我们的梦境绘进天堂
而它携带着那么多的尖锐的物质
比动物更凶猛，比悬崖更陡峭
让在高处凝结的雨和雪片
漫天抛洒，渐渐把我们冻僵

而此时此刻，在大地的中心
火焰已穿过岩层的内脏
疾病已深入每一根青草，每一棵

树木，甚至每一粒细小的物质
但人类啊，你到底还要爬得多高
才能看清你，最终的墓地？

1999年12月8日　北京

沿方位角行进

过程就这么简单　作战部用一把尺子
把出发和抵达　压缩成两个点
再画出一条长长的线
接着啪的一声　投下一支部队
就像聂卫平在棋盘上
啪的一声　落下一枚白子或黑子

剩下的就是我们的事了！因为我们
就是这一枚枚白子或黑子
棋盘上密布山冈　谷地　沙漠　沼泽
莽莽苍苍的原始森林
和无数条暴吼的河流　且无船
无渡　无桨　无向导指路
更有人骚扰和偷袭　把你往死里追赶
让你走投无路　插翅难飞

而且必须日夜兼程　必须风餐露宿
必须像闪电那样　转瞬即逝
不留下任何一个脚印　必须像一阵隐形的风
侧身从大地的缝隙，神经的末梢
吹过　不允许碰落一颗露珠
但对于悬崖　对于酷热与寒冷　对于
铁锁铜关　和崩溃而来的打击

又必须是一把斧头　劈下去火光四溅

沿方位角行进　方位是最重要的
像仪器般精确是最重要的
而你的方位　在夜晚
是天上闪耀的星星　在阴天　雨天　雪天
是阳光和月光的足迹　山石的
苔痕　沿方位角行进
一支部队隐蔽的走向
很可能就是一场战争的走向

就是藏起你的刀锋　你险恶的企图
神出鬼没　像柄短剑那样插出去

2008年1月14日　北京平安里

236

履带碾过原野

四周都是铁。四周都是我们的眼睛
和耳朵；我们嗅觉灵敏的鼻子
和神经；那么驰向山岳，驰向海峡吧
履带碾过去的力量是不可阻挡的

你看，你看，那么美的一座移动的
碉堡，那么美又那么符合
力学原理的驱动轮、传动轮和齿轮
把搏斗和厮杀提高至一种艺术

而当战车发出咆哮，当大地传来一阵阵
震颤，当对决从争夺小数点后的
第三或第四个数字开始
对不起，晕眩和呕吐也同时到来了

我想问你骑过虎吗？现在就让你骑上
这匹战车，让你在剧烈晕眩和
呕吐中，被四周的铁，一再摇晃和撞击
这时你就知道什么叫骑虎难下了

这没有办法！现在你唯一的办法
就是把胆汁呕吐出来，把纷纷在你眼前
飞速旋转的星星，一颗，一颗

钉回原处，让自己也变成一只虎

我知道藏在你我的心里，藏在你我
血液中的，是一只鲁莽的虎
亡命的虎，它撕咬过
钢铁，让我们的旗帜溅着太多的血

现在终于可以把脚，从昨日的泥泞中
衰草中，从渐渐冷却的灰烬中
拔出来了！现在我们要钻进钢铁的内部
碾过原野，在大地上掀起一场风暴

是啊！一种伟大的旋转和加速就这样
开始了。一种时代的铁
开始在我们血液中碾压和喧哗
而我们将以钢铁再生，如虎添翼！

2009年6月23日　北京平安里

紫荆花臂章

这些从全中国　从一支庞大的军队中
挑选出来的士兵
是最酷　最美　最出类拔萃的士兵
如果再加上这枚紫荆花臂章
他们便成了兵中的极品
和塔尖　如同王冠上的那颗钻石

一个服役三十五年的老兵　我承认
我对此倍感羡慕和嫉妒
但我更惊叹于设计者们的灵光一现
我是说　在这枚图腾般的臂章中
他们为什么不设计两把刀剑
两杆互相交叉的长枪？为什么不是一匹狼
一头咆哮的狮子　一头狂啸的
东北虎　或华南虎？
把一朵花佩在他们手臂上　这些
潇洒的士兵　拥枪入怀的士兵
是否从此将远离杀伐
永远站在这片土地的花团锦簇之中？

辞典上说　紫荆花属落叶灌木
或小乔木　叶子略呈圆形
到春天开满紫红色花朵

这么说　他们站起来就可以拔地而起

高高耸立　卧下去又可以

低低匍匐　盘根错节

而香港是东方的一个海湾　一颗明珠

紧靠风暴的边缘

当灾难从远处袭来的时候

他们则会发出呼啸　发出呐喊

用骄傲的头颅去撞碎雷霆

这真是一群好兵　一群幸福的士兵啊

你看他们守护的枪会山

昂船洲　守护的赤柱　中环　石岗

……这一串串　掷地有声

又像珍珠般闪光的名字

好像生来就是为他们命名的

而当他们列队走过

当他们挺胸　抬头　目视前方

用两臂嚓嚓地甩动日月

那时候我们满世界听到的

都是开花的声音　和歌唱的声音

2007年5月3日　北京平安里

240

降 落

天空中这些剽悍的骑手　随心所欲的骑手
为扼制胯下的烈马狂奔
现在他们开始减速　开始勒紧手中的缰绳

啊啊　天空中的空　那才真正叫空呢
那才真正叫风月无边呢
这时你就扇动螺旋桨大胆地去飞吧
肆无忌惮地去飞吧　在前方
绝没有一粒石子会蹦出来
硌你　绝没有一道或明或暗的沟壑
会蹿出来　卡住你的
轮胎　把你抛入更深的沟壑

蓝天上当然也没有红绿灯
没有电子眼　没有忠于职守但却总是
隐蔽在暗处的交通警
没有各种各样的实线　虚线　禁行线
但你却必须轻　必须像白云那样
在天空飘荡　必须像白云那样
不漏下一丝骚动
不漏下哪怕一粒小小的尘埃和雨滴

天空下满是密密麻麻的火柴盒啊

满是忙忙碌碌的黑蚂蚁啊

那些在用钢筋水泥　用玻璃幕墙堆积起来

如同火柴盒般的高楼群的夹缝中

匆匆移动的人群

他们多么安详　多么渴望风平浪静

从天上即使飘下一片树叶

那也会砸中几个脑袋　一片尖叫

因此他们必须谨慎　必须勒住手中的缰绳

把胯下的那匹狂奔的烈马

勒成一缕清风　一团悠悠飘荡的云朵

然后才开始徐徐地　缓缓地

悄无声息地　往楼顶的平台降落

让腹部下的那三个轮子

不偏不倚　准确地覆盖住平台上的

那三个小白点

这就像我们在早晨醒来

让光着的两只脚　准确地落在鞋子里

又像一只巨大的蜻蜓　在不经意间

从我们眼前飞过　飞过

然后它轻轻地收拢翅膀　轻轻地停止震动

静静停留在河边的一根青草上

2007年5月2日　北京南沙滩

添马舰

添马舰是泊船的地方　　泊军舰的地方
因为他们就是从这里上岸的
因为他们有一艘叫添马舰的军舰
就曾在这里游弋与停靠
然后又在日本人大兵压境之时
愤然自刎
噢　添马舰　添马舰
从此你注定要成为皇家的一道伤口

如同那个七月的夜晚　　大雨倾盆
他们触到的失落　　就像啤酒泡沫那样喷涌
那样的寒彻骨肌和颜面扫地
但最辛酸　　最苦涩的酒
那也要当众喝下去啊　　咽下去啊
毕竟谢幕也是一段华彩
而盛产绅士的国度　　当他们
尊敬的总督　　尊敬的亲王
俯身　　但却不失风度地登上那艘
豪华游艇
那时我们看见　　全世界都看见
他们把维多利亚港湾那一夜的苍茫
怆然穿成了最后的一件披风
最后的一件晚礼服

进而　我们拉响气笛的军舰

我们挂满旗的军舰　犁开波浪

开始向这座以一艘军舰

命名的船坞　这个久违的港湾

气宇轩昂地开来

进而　我们那些威武　英俊

劈开腿　有如钉子一般

钉满舰舷的水兵

开始向这片土地的沧桑致敬

向这片土地的苦难　忧患

和它的重新崛起　致敬　致敬　致敬

那种一日长于百年的骄傲

从此让我们刻骨铭心

或许　他们还会想着沉没在海底的

那艘军舰　或许他们会把它

当成一座水底纪念碑

永远怀念它的光荣

但添马舰　添马舰　你沉在幽暗的海水里

锈迹斑斑　再也无力浮出海面

2007年5月3日　北京平安里

开放日

请最好的静物画家来画这些寂静的兵营

我想他们的手　也都会颤抖

这时候　所有的门　所有的窗

都开着　所有浸满青草汁液

叠得方方正正的被子

都仿佛用小炉匠或小木匠的铁锤

一锤一锤　叮叮当当地敲打过

而卧在被子上相同位置的

那一顶顶大檐帽

我相信它们是在假寐

就如同一群鸟　在高压线上栖息

一旦有风吹草动

它们就会噗噗噜噜　飞起来

再看储物柜上摆放着的那一溜

茶缸　茶缸里的那一溜牙刷

洁净　整齐　就像站着的一队士兵

挺胸收腹　双腿垂直

刚刚听到向右看齐的命令

从这里　你仿佛看得见一溜

长着金灿灿绒毛的

腮帮子　一眨不眨的眼睫毛

而斜靠在枪架上的那一排枪

它们就像枪那样沉默

又像枪那样　触目惊心

在阳光下发出一种

火焰般的蓝　锋刃般的蓝

仿佛正把一口气提向丹田

你若伸出手去触碰它们　抚摸它们

肯定有一种力

会将你重重地弹回来

啊　一种静止的美　潜藏的美

锋芒毕露的美

站在这里　你无法不屏声敛气

无法不把心里的某种东西

悄悄地藏起来

仿佛有个人就站在你身后

用力透纸背的目光

正静静地看着你　盯着你　打量着你

又仿佛住在我们楼上的邻居

在半夜　刚砰的扔下一只靴子

却把另一只靴子

久久地　久久地提在手上

我可是个老兵啊　在这寂静的兵营

面对这些寂静的被子和帽子
寂静的牙缸和牙刷　寂静的枪
我真想大喊一声——

"同志们听好了，下面我宣布命令
请稍息……"

2007年5月2日　北京南沙滩

一只苹果

让我们来想想　一只苹果与法律对峙
一只苹果明亮而鲜艳的外表
有没有可能躲藏
某种企图　某种罪恶
而当这只苹果忽然成为一个入侵者
一个特殊的案犯
我们该怎样为它辩护……

再打个比方　一只苹果从春天长到秋天
现在它终于成熟了　饱满了
丰盈得仿佛马上要炸开
但按照牛顿定律　当它从高处跌落
砸伤或砸死一个人
那么　这到底是风的罪过
树的罪过
还是栽种这棵树的人的
罪过?

再或者　是这只苹果本来就形迹可疑
深怀杀人的动机?
我们要坚持的是　这只苹果是无辜的
它甚至比任何一只苹果
都健康　纯洁　光明磊落

它小小的错误　只是来自它的嗜睡
来自它在浓浓酣睡中
搭乘那个士兵驾驶的军车
非法越过了边境

如果允许有另一种解释　那便是它
细腻　圆润　纤毫毕露
坐在士兵的驾驶台上
过于显示出一只苹果的
恬静与妩媚
这使一个士兵陷入了一种
痴迷和沉醉　并在他此后的芳香之旅中
推迟了那天的早餐

这样的辩护当然入情入理　充满
人间的烟火味
但法律的面孔却是铁铸的
不相信懊悔和眼泪
不相信栅栏之外的任何存在
因而也不相信那个始终都
低着头的士兵
就像剖开那只苹果那样
剖开自己的心　让它在阳光下呢喃

一只苹果与法律构成的关系

其实是紧张　尖锐　铁面无私的
它告诉我们世界是圆的
也是方的　在它的疆域进出
你必须谨言慎行
万万不可被一种芳香迷惑

2007年5月3日　北京平安里

望着这些新兵

站在操场上　这些用时代的化肥

像树林那样催大的新兵

他们的眼神是散乱的

他们的皮肤　我怀疑只要用指甲

轻轻一划　就能渗出血来

而当微风吹过　吹动他们穿着的那身崭新的

但却松松垮垮的军装

这时你怎么看　他们怎么像一畦畦

嫩绿的　刚刚长出的韭菜

我站在队伍面前久久地望着他们

用锥子般的目光

反复瞪着他们　刺着他们

我厉声喊道　都给我注意啦　稍息——立正！

我喊你们的头要正，颈要直

两眼要目视前方　胸膛要像山岳那样

高高挺起来　小肚子要学

女人束腰　让前腔贴向后背

而两臂要自然下垂

食指贴于裤缝　两腿要像剪刀那样

夹紧　再夹紧

不能让一丝风　从那儿吹过……

我知道我在扮演军阀的角色

恶魔的角色

望着这些新兵　我狠毒地

喝斥他们　嘲讽他们　激怒他们

在他们自尊的伤口上撒下

一把盐　又一把盐

偶尔　我还会用脚踢他们

用手用力地扯一下他们的耳朵

我说　我现在要让你们的

每块肌肉　每条神经

都停止思想　都要无条件服从我的意志

都必须像遇到火那样

下意识地收缩　躲闪　弹跳

我说此刻在你们的脚下

有一团烈火在燃烧

请想想　你能无动于衷吗?

我甚至要让他们咬牙切齿

像我瞪着他们那样

瞪着我　在眼睛里公然打开一把

短剑或匕首

你看这些乳臭未干的新兵

这些即使站在队列里

仍在东张西望的

孩子　他们的眼睛是多么地清澈啊

清澈到没有任何一丝阴影

清澈到没有仇恨

但一个士兵怎么能没有仇恨呢？

一个士兵的眼睛里

怎么能像天空那样空荡呢？

那就从仇恨我开始吧！从我

把你们钉在这里

从我把你们扔进狂风暴雨

用无穷无尽的奔跑与负重

灼烫与冷藏　消耗与磨砺

折腾你们

开始……直到让你们

迸发出全身的力气

对我　像狼一样地发出嗥叫

战争是一把多么锋利的刀刃啊

望着这些新兵

我坚硬如铁

就是不想让他们像韭菜那样

届时，被一畦一畦割去

2009年9月14日　北京平安里

想象被子弹击中

无须回避　那张用密集子弹编织的网
在未来　肯定会在某条峡谷
或者某片开阔地
等待我们
当我们端着枪发起冲锋
如同一粒粒豆子　被战争的手
漫山遍野地撒出去
那时　谁能保证不被一颗子弹击中？

那时候我们真会像一粒粒豆子
被火焰的热锅　炒得噼噼啪啪蹦起来
然后天在转　地也在转
脚下像踏着一片海水
往下沉
一股股的血从身体的某个部位
喷涌而出　如惊涛拍岸

必须有这样的准备！要不
为什么称我们战士
——战斗的战
烈士的士？因为我们是一片绿油油的庄稼
被整齐地栽种在一块地里
总是在生长到最粗壮　最旺盛之时

面临刈割。那时你能做到

而且必须做到的　就是

向前扑倒　把背影留给灿烂的天空

这情景多年前我曾亲眼见过

至今仍让我感到震撼

那是一大片墓碑

威严整齐　在开阔的天空下闪闪发光

请原谅我说不出他们的名字

但我记得他们的年龄

记得墓碑上

全都刻着——

十七岁　十八岁　十九岁……

2008年1月11日　北京平安里

火器营

北京西四环　在我开车去西山脚下
做保养和维修的路上
路牌上蹦出的一粒火星
把我的眼睛　我日趋庸常和寡淡的心
突然烫了一下

火器营！一个飘着火药味的地名
一个听得见枪械声的地名
让我过目不忘
但仔细琢磨　这个神奇得像流星划过天幕
蓦然照亮夜空的地名
在这一刻　肯定想对我说些什么

它想对我说什么呢？是想告诉我
在我居住的这座城市
过去曾天高地阔
皇威浩荡　有许多血色城墙
许多钉满铜钉的城门
当然也有许多兵甲
他们枕戈待旦　把自己像钉子一样钉在
古老的城墙上？是想告诉我
这个叫火器营的地方
刀剑闪烁　或者每天炉火熊熊

响彻锻造兵器的声音？

而我在城中的一家军事单位工作

从城外到城里　每天都

开车来回

有意思的是　当我开着车

走向那颗军事心脏

途经的地方　依次是：南沙滩　马甸

北太平庄　小西天　积水潭　新街口

平安里……每个地名

都让人昏昏欲睡　都有那么点

太平盛世　歌舞升平的味道

最糟糕的是人潮汹涌

每天都要遇到堵车　堵车　堵车

有时堵得水泄不通

宽阔的街道变成了停车场

有时堵着　堵着

便趴在方向盘上　默默地睡着了

火器营跳出来　突然把我烫了一下

让我在不知不觉中

渐渐有些痛感　有些羞愧

我想　我也是国家机器上的一个轮齿

一颗小小的螺丝钉

当我再次路过北太平庄　小西天

路过平安里的时候

我必须告诚自己

不能打盹！这世界不会是太平的

也没有一刻　是平安的

2009年1月23日　北京南沙滩

三个中国军人，三个中国农民的儿子

你们不是都看见了吗？高不可攀的天空
被三个中国军人　三个中国农民的
儿子　坐着一枚火箭
呼啸而上　而且他们还走出舱门
举着一面国旗在天空行走
三个中国农民的儿子　让世界大吃一惊

三个中国军人　三个中国农民的
儿子　他们乘坐的那艘飞船
那枚巨大的惊天动地的
捆绑式火箭　捆绑着我们年代久远的
渴望　我们对浩荡天空的
敬仰和敬畏。当飞船与火箭分离
当他们在一团漆黑中
打开窗口　光芒从四处涌来
而他们拥抱这些光芒　就像许多年前
在田野　拥抱稻菽　麦穗和棉花

哦　失重的天空　比天空还高的天空
空得没有一缕呼吸　没有一丝
云彩和雨水　甚至没有
边界。三个中国军人　三个
中国农民的儿子　他们那么从容不迫

那么镇定　就像春天到来

他们正以祖祖辈辈

躬耕的姿势　在那么高　那么荒蛮

那么深邃辽阔的一片

处女地上　开始了中国的第一犁

请问用这张飞翔的犁铧　犁开

那么高　那么纯静的天空

是种什么感觉？请问从那么高　那么

深邃辽阔的地方　鸟瞰大地

我们像不像一粒飘荡的

沙子　一只蠢蠢欲动的蚂蚁？

呵呵　我没有到过这么高的地方

我只能看着他们飞翔

但是仰望星空　我想　我想啊

站得这么高　他们肯定

洞若观火　肯定能看清我们的命运

是的　我们的命运！我与这三个

中国军人　三个中国农民的

儿子　甚至我与许许多多

千千万万　曾经在同一片田野里　同一片

天空下　割过草和放过牧的人

插过秧和收过稻的人

或者在寒冷的冬天，依然赤着脚

噼噼啪啪地去追逐过春光

和秋色的人　我们共同的命运

那其实就是土地的命运

流水的命运　一片卑微的草木

经过风雨的一次次

砍伐　终于长成森林的命运

都抬起头来看看吧　来看看

这三个中国军人　这三个中国农民的儿子

他们会飞！他们绕着地球

从世界的这边　飞到世界的那边

他们飞得那么高　那么远

那么完美　这让所有的腿上还沾着

泥巴　所有的从土地里

从奔腾的江河里　涌出来的人

理直气壮　突然都有了飞的欲望

2008年10月4日　成都

偶尔看见的撒切尔

我已经有好些年不怎么抒情了
例如对于老人，当他们的牙像山那样崩溃
说起话来言词含混，像囫囵吞枣
当他们系着孩子的围兜　把碗里的饭粒
天上一半地上一半地洒在桌子上
我总是原谅他们的失态
从心里诅咒生命的仓促和凋零

但那一天，当我看见她在北京
在人民大会堂前的台阶上
猝然一个趔趄（台阶不怎么高嘛）
我对她却大加赞美
调动了字库里几乎所有的词汇
我说这么大的年纪，她可真是不简单啊
你看她摇摇欲坠，眼看就要倒塌
但马上又能站立起来，稳稳地站立起来
你说她匆忙扶起的，难道仅仅是
她那副年迈的躯体
而不是帝国横行一时的体面？

何况她还是个年迈的女人
何况她刚刚和中国那个军人出身
曾经开过钢铁公司的

最强硬的男人，在北京最大

最庄严的一张谈判桌上

舌枪唇剑，展开过一轮猛烈的对决

但我宁愿相信，这不是东西方两片陆地

两个伟大种族在碰撞

而是两个阅尽沧桑的老人

两个激情的对手　他们炉火纯青

在刚刚敲打彼此的骨头

真是这样。她老而弥艰，光彩依然

在那一瞬我差一点爱上了这个

老敌人，老洋人，老美人

爱上了她满头显然已染过的白发

她用熨帖的西装裙服裹紧的

高贵、优雅和智慧

而在那一瞬，他们的帝国在摇晃

她伸出一只柔韧的手臂

艰难地撑起了半边天

2007年5月3日　北京平安里

D日：回到诺曼底

头顶万炮齐轰！让我们回到诺曼底
回到一簇簇炮火的尾部和根部
回到被火焰烫红的
每滴海水中，每粒爆裂的沙砾中

啊，六月的这个日子已经沸腾
整个欧洲和世界的命运
都集中在这片海域
是时候了！给横行霸道的德国人致命一击
在沙滩与海水中
那么多的人，那么多的战车和船只
那么多旗帜、番号、口音
出击者们视死如归，背负着沉重的
枪支、弹药、单人帐篷
和一个士兵的命运
而且那么小，就像密密麻麻的一大群
蚂蚁，在生命的悬崖蠕动
但炮火铺天盖地，炮火山呼海啸
它能把任何的一个人，任何的
一寸铁，化为灰烬
这时候谁能越过大海，谁能爬上
对面的滩头，谁最后能活下来
只能说明他是上帝的儿子

他比一阵风，比一粒子弹跑得还快

流着血汗、穿着笨重皮靴的战争

长着两只多么大的脚

它轰轰隆隆地踩过来

浩浩荡荡地踩过来，没有一步踏空

没有一步不踩在人类的哀歌里

如果你被它踩在脚下

那你是不幸的；而它依然在狂奔

甚至听不见你的呼喊、嚎叫

在血泊中挣扎和呻吟

它利令智昏，你说一只狂奔的靴子

它怎么会知道踩死了一只

蚂蚁？怎么会怜悯地抬起脚

看看它深深的鞋印里

是否残留着你的一滴鲜血？

回到诺曼底。回到士兵的天堂

和地狱，光荣和不朽

回到海滨墓园，回到开阔的天空下

那沉寂的，依然保持着

战斗队形的坟场

回到孩子们在沙滩上堆筑城堡

用干净而稚嫩的手

无意中掘出的那根白骨

回到海底长满海藻，被无数贝壳

寄居的那艘沉船；回到

被荡漾的海水，反复摇晃

又反复摩擦的那一枚枚

弹壳。回到纪念日，在例行的庆典中

那些挂满勋章的老兵

面对大海，那无语而咽……

如果还来得及，再让我们团起身子

回到母亲的子宫

在那儿虽然浑浊未开

但没有一个人是准备来死亡的

2008年1月31日　北京南沙滩

慕尼黑集中营

当时我就想，如果能给我一把刀
如果给我的这把刀
能伸进它的历史深处
削去它的虫眼
我要手起刀落，狠狠削去它那个"黑"字
只留下前面那两个字"慕尼"

进而我要站在市中心的鲜花广场
大声呼喊：慕尼，慕尼！
这时候我相信有许许多多
卖花的人，和买花的人
还有在花丛中流连忘返的人
都会惊异地回过头来
对我点头和微笑
当然，这都是些漂亮的日耳曼人
聪明，优雅，金发飘飘
从来都一丝不苟
两只忧郁的深蓝色眼睛
深不可测，你只要看它们一眼
从此便不能自拔

（这就像我们来到曼彻斯特
来到他们骄傲的老特拉福德球场

大声呼喊：鲁尼，鲁尼！

或者：范尼，范尼！

这时那两个冲锋陷阵的小伙子

一定会像猎豹那样狂奔

像飓风那样席卷，把脚下的球踢得

山呼海啸，行云流水）

可惜"黑"是那个时代的主语

可惜那时候的这个地方

是这片黑色土地上的

黑中之黑，如同深渊和地狱

只有一点点光亮

从凛冽的刺刀上泛出来

从党卫军鹰隼般的眼睛里

溢出来，射出来

不过在屋顶上竖着的那个高高的烟囱

也会喷出一道道光焰

但在那儿噼噼啪啪燃烧着的

却是犹太人的尸骨！

而继续在这里囚禁的人

一个个瘦骨嶙峋，面目枯槁

像一具具活动的骷髅

他们站着，躺着，抑或在

带电的铁丝网中移动着

都是一群羊，在等待指认与屠杀

那时候"慕尼"那个黑啊

让他们仰起头，看不见

自己的天空，低下头

又够不着自己的土地

2001年10月17日　德国慕尼黑

在湄公河航行

我希望能看见漂着什么。在湄公河航行

河面像一把绢扇那样缓缓打开

这时语言是多余的

静静的阳光，静静的河

让坐在船上的每个人

两眼惊奇，如同坐在杜拉斯小说的一个

婉转而缠绵的句子里

坐在虽然粗糙，但却随处可见的

一幅刺绣中

而记忆中的那条木壳船

在这样的日子，早已被大浪冲天掀起

像狂风横扫一片落叶

在画面的左上方，或右上角

应该有一架巨大的轰炸机（应该是B-52）

如虎入羊群，正在疯狂

轰炸，河水像礼花那样竖起来

……水面上有东西在漂！依稀是

屋椽。南瓜。破碎的箱板

渔家盛饭用的木勺

一把断裂的桨。一个若即若离的

尖顶斗笠。一些被血污浸泡过的

衣服、头巾、蜡染床单

一个穿花裙子的布娃娃

仰面朝天，它的一只手和一条腿

不见了，眼里泛出疑惑的蓝

那些黑黑的，圆圆的，在流水中

起起伏伏，横冲直撞的

肯定是水雷，它们脾气暴烈

你只能远远地防住它

躲着它，从它的身边小心翼翼地绕过

偶尔也会漂来一具尸体

那泡胀的身体，沉沉浮浮

像酣睡那样趴在水里

展开在水里，长长的头发随波逐流

像一滴墨落进砚池，慢慢散开……

哦，湄公河！那么美的一条河

那么幽静恬淡的一条河

河的两岸，束腰的槟榔树

开小红花的火龙果

风情万种，如同他们的女人

把该凸的地方凸出来，该藏的地方藏起来

那些密密麻麻，坚韧旺盛

就像绿色喷泉那样

炸开的芭蕉叶，夹紧一条条河沟

如同河的神经和根须

细小绵密，悄悄伸进两岸的热带雨林

潮湿又隐蔽，矜持又暧昧

在河沟的入口处，草木葳蕤

仿佛渐渐向你抵近的两只

含蓄的膝盖，准备随时为你打开

于是有无数条更小的船

在澄澈的，缤纷的，能割断烟雨又能

缠绕情怀的阳光中

穿来穿去，如同战争还在继续

雨又下起来了，是那种微微飘着的雨

舔在嘴里有点甜味的雨

那种打在皮肤上

像有一只只小鸟在啄你的雨

或者纯粹是阳光的颗粒

阳光的晶体，阳光的另一个词

因而没有人想到打伞

没有人想到打破雨中的寂静

甚至没有人想到

这就是雨

在湄公河航行，当你注视着这条

温婉的妩媚的沉吟的河

这条曾经在燃烧中

溃烂，在溃烂中郁郁哭泣的河

注视着在河面上一粒粒

飘洒的雨

你会被一滴雨惊醒

然后动情地伸出手去，捉这滴雨

我是带着祝福来的。在湄公河航行

我始终注视它宽宽的河面

它河面上漂浮的物体

但我看见的只是缓缓漂着的船

缓缓漂着的草叶

树叶、菜叶，和一个个被游人们喝剩下

像咧开嘴在笑的椰子壳

还有细细的沙

隐隐的岛，偶尔鸣叫着飞过的鸟

更多的是些碧绿的

散漫的，像杯子又像坛子的

水生植物，开着淡蓝的花

它们三三两两，摇头

晃脑，像一群刚放学的打打闹闹的孩子

在水里相互追逐

我认识这种叫水葫芦的植物

在湄公河航行

我甚至一下喜欢上了这种植物

这种浪迹天涯的小东西

我痴痴地看着它们

惦着它们，但它们却不看我

只顾一路漂着，一路摇晃、蹦跳和嬉闹着

仿佛要告诉更多的人

在河的两岸，有人在耕作

有人在生儿育女

有人在婚嫁和热恋，他们清水洗尘

正把日子过得像日子一样

2008年10月25日　北京南沙滩

在西贡皇冠酒店顶楼上

西贡的夜是迷人的，灯火阑珊
空中飘着亚热带丛林特有的
那种甜甜的浆果味
坐在皇冠酒店顶楼的露天酒吧里
我看见一个人高马大的
美国老男人
跟一个长着当地模样，雍容
却并不华贵的老女人
相互簇拥着，就像两条热带鱼
慢慢地游，慢慢地游
渐渐游到我所在的那片海域

我是过客，但我想我是幸运的
因为我看到了这两个老人
看到了这个场景
看到了这个场景忽然显露出来的
黑白底色
要知道我居高临下
正坐在皇冠酒店顶楼的露天酒吧里
其实也是坐在美军飞行俱乐部
当年的那个露天舞厅里
我在想，那时候的美国小伙子
那些骄傲的空中骑士

伟岸挺拔，脚上的皮靴

该踏出怎样的节奏？

当他们用驾驶B-52轰炸机

或F-15战斗机

在南方的天空俯冲和回旋的

姿势，出现在这个舞厅

那些美丽而温婉的西贡小姐，天生的

尤物，又该以怎样的柔曼

如同青郁的藤条

往高处的躯干上缠绕？……

啊，时光切换得太突兀了

太让人眼花缭乱了

就像我坐在这个顶楼的露天酒吧里

看到的只是花花绿绿的酒

明明灭灭的灯

只是一顶顶巨大的太阳伞下

那些莺声燕语，欢情笑浪

只是那些大腹便便的

欧洲人，美洲人

皮肤黑亮的非洲人，还有……

还有探头探脑的日本人

他们来历不明

目光闪烁，就像从一杯杯啤酒泡沫中

咕嘟咕嘟冒出来的

就像我看见的这个美国老男人

这个长着当地模样，雍容

却并不华贵的老女人

他们是无奈的

脸上长出了太深的荒凉

因而必须相互搀扶，相互偎依

把对方当成最后一根拐杖

否则只要一阵风吹来

他们便会晃晃悠悠，轰然倒下

2008年11月10日　北京南沙滩

圣地亚哥

美国人就是牛气，比如在圣地亚哥
他们把那么大的一条船
放在城市的入口处
就像他们把那么大的一个鼻子
喧宾夺主，放在自己的脸上

而且是条军舰，一条退役的航空母舰
记不清是林肯号还是勇士号
但我记住了在甲板上停泊的那些飞机
一架架羽翅明亮
就像在基诺山上飞来飞去的蜻蜓

准确地说，这是一艘退役的航空母舰
旅游说明书上写满它的光荣
而作为注释　他们还把那张著名的照片雕塑在
码头上。就是从二战中归来的水兵
紧紧搂着一位姑娘的那张
风把姑娘的裙子，吹到了性感的位置

圣地亚哥还是海明威写过的那个渔港
伟大的海明威就是从这里出海
捕到那条马林鱼的
不过在我有些模糊的记忆中

圣地亚哥的原籍好像不在美国
这么一想，事情就有点儿意味深长了

这大概就是美国人，长着那么大个鼻子
就连给一座城市设立地标
也充满大鼻子意识
难怪他们总是用这个鼻子和人说话
即使和他亲吻　首先碰到还是那个鼻子

2008年6月5日　圣地亚哥

今夜我们击缶

让缶重见天日！刷新世界的记忆
让他们从认识一件乐器开始
从认识这只缶开始。噢，在今夜
我们要用两千双手，两千对
闪闪发光的槌子，重重地
击打它，噢，在今夜我们击缶

让那歌，从我们的心脏部位传出来
是用黄土抟出的缶。是用烈火焚烧的
缶。是黄钟大吕的缶
金玉其声的缶。它们有足够的
深厚与宽广，足够的响亮
在今夜我们击打它，就是击打秦砖汉瓦
唐诗宋词。在今夜我们击缶
就是击打五湖四海，三山五岳

多么豪气冲天的缶，多么热力四射的
缶——你听，你听，那可是
红泥和白铁的声音，马蹄和铜饮的
声音；当然还有大河奔流，狂风
喧嚣，还有雷霆在夜幕降临时
发出隆隆的轰鸣。但我们只在欢乐中
击缶，只在礼仪中击缶

如同今夜，我们用它写下中国的序曲

哦，哦，那轴长卷啊就将打开
就将打开！那场盛世庆典就将轰轰
烈烈上演。我们击缶啊击缶
我们用两千个英俊士兵力拔高山的
双手击，用五千年漫漫历史
击，用十三亿走过苦难也走过光荣的
脚步声击。那一种波澜壮阔，那
一种狂飙突起，就是要让
你的心，我的心，我们的心
从各自的胸腔里，快乐地蹦出来

2008年8月8日　北京奥运广场

主题歌：我和你

灯光暗下来，那个星球在公转中自转
剩下来的这两个人，就是
男人和女人了，就是你和我了
但我们是多么地小啊
小得就像两只蚂蚁，两粒风中的微尘

我和你。我们认识吗？在大街上
我们互相见到过吗？
如果你相信今生和来世，相信
泥土和草木，那么在今生，就让我们做
最亲切的两个人；在来世
就让我们做融在一起的两滴血

我和你是最初的答案，也是最后的
答案，中间的那段
让我们感到羞耻，感到些许迷茫
我是说当我们深陷泥沼，当我们向对方
发出呼喊，你的那只手
或我的那只手，让我们相互都伸过来
并紧紧抓住，从此再也不分开

我和你，就像歌中唱到的我和你
就像今夜这个星球托起的

我和你。我是说，当我们再次相遇
当我们趴在对峙的两个战壕里
那时我们能不能都认出对方
能不能都靠上来，把彼此的枪管扭弯？

2008年8月8日　北京

第六辑

～

眼 睛 里 有 毒

看见一头鲸

一头鲸。它庞大的身躯蛰伏在我们的视线之外
与海底休眠的火山和沉积的火山灰
混为一谈。现在它是深渊的一部分
海沟和海床的一部分
两边腮大幅度张开。现在它是巨大的无

大师总这样遁于无形。它那么沉着和谦卑
懂得必须慢，必须像日月星辰那样
把自己控制在运行的轨道
之中。而当它上升
当它某一天浮出水面，一座大海就将溢出来

2016年2月8日　北京

眼睛里有毒

无需更多，诗歌只需要一行
我就能看见你的骨头
这没有办法
我也不知道我为什么会长出这样一双眼睛
不知道为什么眼睛里有毒

多年前我在垃圾上爬坡
在白天展开的纸张上
独自看见黑
大师们喝令我退下
我说不！我的双脚不是用来退下的
我的思想也是
他们又说，那你就站着吧
那就读着，写着，寂寞着
等待在某一天庄严地凋谢

凋谢有那么可怕，那么恐怖吗？
你知道那年我从南方归来
见过碑石辉煌
当着青草、绿树和盛大的落日

我也发现我比以前更聪明了
因为我在等待凋谢

等待吞尽生活里的那些毒，就像一条蛇

自我盘起来，吞食自己的尾巴

2011年11月29日　平安里

你好，喜悦

微风拂动着垂落在宽大窗口的白色纱帘
年轻时的朋友们在客厅里
走来走去，兴奋地谈论着孟加拉虎
屋外黯淡的砖墙开始
斑驳，一种叫爬山虎的植物正奋力地向上攀爬
吸吮着三月的雨水
阳光，和泡桐花散发出来的淡淡香味

我是这座房子的主人，那些年轻朋友的兄长
脸上慈祥，就像年老的塞林格
坐在假想的悬崖边
陷入回忆。后来我们好像谈到了春天
诗歌，掀开窗帘就能看见的山谷
大声地蔑视财富
朋友们觉得整个世界都应该是他们的……

我不明白我为何有如此喜悦
在这个平凡的早晨
我甚至感到在书桌的抽屉里，当即就能找到
那座房子的钥匙
而这时我的妻子仍在酣睡
但一条腿很快就将从梦里伸出来

2010年4月23日　北京平安里

马可后面没有波罗

你以为他长着蓝眼睛巨大的鹰钩鼻子？
马可后面没有波罗

开个玩笑。此马可非彼马可
他是个写歌的人，偶尔写葬歌或哀乐
他一生的骄傲是用三分钟
只三分钟，就能让一个躺在花丛中的人
心醉神迷，偷偷地笑出声来

三分钟。这是一个人必须完成的
最后的聆听
最后的阅读和道别
那种抚摸，连他自己也不能拒绝

如果我们都是诚实的，遵纪守法的
那么，他就应该成为这个国家
最富有的人
但他死那年两手空空，一贫如洗

2010年4月1日　北京

隐形阅读者

隐形阅读者来历不明，他们在黉夜
或者黎明，手不释卷
借大师的头盖骨磨刀
或在某堵斑驳的老墙下，凿壁偷光

但真正把自己磨成刀，磨得吹弹可断的
有几人？更多的人把自己
磨秃了，磨废了，磨成了花拳绣腿

感谢这些文字，它们贵重，稀少
像金子把皇帝的圣旨藏在岩石中
而我庆幸先贤们在纸页中
打开一扇窗口，让我看见了光
看见自己环抱膝盖，像个初生的婴儿

2015年1月3日　北京

界线：五十岁献诗

我知道我迟疑的脚还穿着昨天的鞋子
春天如此浩大，树木峥嵘
我至今却仍在股票、低碳、恩格尔系数
和纳斯达克指数的丛林
盘桓，找不到出口
而与我相对的另一半，她们衣着嚣张
相貌光鲜，正走过千山万水
让我怎么也读不出来龙去脉

我血流里的一些东西也在吵吵闹闹
医生说，那是一群恐怖分子
名字叫胆固醇、甘油三酯
红血球和白血球，不是偏低就是偏高
当我仰躺在病床上接受仪器的勘探
那么多管线吸附上来
我知道我麻烦了，天使们如临大敌
正把我当成罪有应得的贪官

其实咬文嚼字的有什么可贪呢？
如果硬性归类，我可说是一个失业孩子的
父亲，一个更年期患者的丈夫
剩下的梦想、野心、钩心斗角的伎俩
我放在一个盘子里

对人们说，这些你们都端走吧

现在我最关心的是五十岁的诗歌怎么写
五十岁的诗写什么，但对此
我束手无策
暂时还没有办法把自己解救出来

2010年4月24日　北京平安里

乱七八糟的身体

哦妹妹，你的身体是一辆利比亚皮卡
你开着它叮叮当当上路
你前进，后退，躲闪飞来的流弹
当心我捡到你的肝
你的脾，你苦汁已经所剩无几的胆囊

被一个孩子掏空，我认定是你的光荣
刀痕从下腹部深入到子宫
我将其比喻为瓷器，破碎后重新修复那种
有几片丢失后再也找不到了
那刺目的白，是我们这个年代的补丁

现在我习惯使用乱七八糟这个词
请原谅我用它来描述你的身体
犹如描述我的，我们的
而在这之前，我用它描述过我们的爱情、食物
书籍、街市、官员们尊贵的品德……

我正在写下的这首诗，也难免乱七八糟
因为我HOLD不住那些词
啊！那些词，它们有的已染上病毒
有的刚注射过可卡因，鬼知道它们什么时候
发作，什么时候说出胡言乱语

2013年7月21日　南沙滩

带领儿子做一只蚂蚁

不好意思。我每天早晨的工作，就是
带领儿子做一只蚂蚁
这时做鬼的已隐去身影，做贼的还未
亮出刀片，大街上的脚步喊喊喳喳
像一网鱼即将收拢
我看见与我相向而行的人，和与我
擦肩而过的人，都把自己洗了一遍
此刻都在奔跑，也在奔命

我十四岁的儿子正在变声，嗓音浑厚
又嘶哑，如同小公鸡在打鸣
我喜欢听这种声音！就像我从小喜欢闻他小脚丫上
那股臭味。但书包他必须自己背
我知道越来越沉
我只祈求他小小的脊梁，不被砸弯
该留给他迎风生长，然后自己去觅食、垒窝
像只蚂蚁，度过匆忙而勤劳的一生

可怜天下父母心啊！隔着四十六年的距离
我祝愿我走在路上的儿子
桃红柳绿，未来在每一个路口都遇到神仙

2014年7月8日　北京

小麻雀

你这小麻雀，你以为你凌空扎下来
你衔着天上的云朵
就能在我乱蓬蓬的头顶——筑巢？

是从外地回迁的吧？是落实政策之后
在这座皇城重新登记户籍
刚拿到居住证吧？
我认出了你！我知道你们是谁的孙子

但是，砰的一声，你这小麻雀
你两粒小小的眼睛
你尖尖的喙，突然被你集中起来的力量
粉碎，仿若许多年前发生的事

阳光暗了一下
一朵血在我时速80码的挡风玻璃上
兀自灿烂

2013年6月　北京

慌慌张张

哪片天空裂开了？大片大片破碎的瓦
正哗啦哗啦往下掉？哪家动物园
动物凶猛，用犀利的角
把铁栅栏撞得四分五裂，门户洞开？
或者哪座宫殿还空着一把椅子，正等待着你去
骑白马、唤东床，但你
总也找不到那把钥匙，打不开那扇门？

慌慌张张！我看见你在大街上奔跑
在地铁里夺命而行，从一畚箕
一畚箕的垃圾广告中
谨慎地探出头来，像荒原上的一头受惊的豹子
一条走投无路，因缺氧而浮出水面
大口大口呼吸的鱼

把身体掏空又掏空，削薄又削薄
匆匆塞进时间的夹缝里
数字的夹缝里，风来了在风中飘
雨来了在雨中滴答
艳阳高照的时候，甚至想到了飞
——我猜测，那该是飞黄腾达的飞
也是飞蛾扑火的飞

慌慌张张地结婚、离婚；慌慌张张地

南下、北上；慌慌张张地求职

辞职；慌慌张张地同居、散伙

又慌慌张张地在小摊上

在快餐店，吞下那么多食品的毒

连放出的屁都闻不见臭味

买房是想都不敢想的事

听说房租要涨了，再慌慌张张地把自己

捆小又捆小，捆紧又捆紧

存放在昏暗而潮湿的地下室里

噢，陌生又熟悉的兄弟，昨天你一夜狂奔

我在东城喊你，你在西城答我

是不是又梦游了？

而当你走近，当你轻车熟路地绕开这座城市的

死胡同、肮脏的下水道

我看见你那张脸，其实也就是我这张脸

2013年7月24日　南沙滩

父亲是只坛子

那天我惊愕地发现我年迈的父亲
是一只坛子，一只泥拧的坛子
手捏的坛子：木讷，笨拙
每一次移动，都让我提心吊胆

父亲依然顽强地活着，顽强地让耳朵
倾听风的声音，雨的声音
儿女们在大路上走近
又走远的声音；顽强地让满口松动的
牙，咬住渐渐消逝的日子
如同门上那条铰链，铁咬住铁

这是我在三个月前看到的父亲
那时他沉默寡言，开始超剂量地往身体里
回填药片，有种死到临头的恐慌
他当然知道凡药都是有毒的
但也知道，他一年年耗尽的力
早把他身体的四壁
掏成了一只泥坛子，一只药罐子

三个月后当我再次见到父亲时
他已躺在一具棺木里
嘴巴张成一只漏斗

像口渴了，盼望能落下几滴雨

我苦命的父亲，这个眷恋世界的人啊
那天在睡梦里从床上跌落
作为一只坛子
他哗啦一声，不慎把自己打碎了

2010年4月26日　南沙滩

故乡的老母亲如是说

都死了。故乡的老母亲说，那些曾和她

打纸牌的老姐妹，都死了

——山脚下的梁素英死于癌痛难忍

用一根绳子，吊在了灶房的窗棂上

河边的冬秀奶奶死于望眼欲穿

大年三十咽气，她在广州捡垃圾的儿子和女儿

赶回来奔丧，到家那天已是正月初三

黄坳那个童养媳还记得吗？

就是清早走三里路，肚子上系一只布兜兜

每天用体温来热那兜饭的张婆婆

她几好的一个人啊，至死都不愿

麻烦乡邻。走那天就像六十年前出嫁

她自己梳头，自己换寿衣

自己爬进放在暗房中的那口棺材里

待人发现，眼窝已被老鼠挖空

母亲又说，死了，三村四寨，方圆五里

再也凑不齐一桌打牌的人了

她们就像等不及似的，就像急着去

那边团聚和赶集似的，都死了

剩下她每天坐在烟熏黑的屋檐下，独自打盹

2014年10月26日　平安里

拆迁记

天使也会成为暴徒？十年前我拔第一颗牙
他挖掘，敲打，摇晃，在我的口腔
施工，用小铁锤和化学混合物
填埋塌陷的洞穴。之后，我照样抽烟，喝酒，熬夜
从未意识到身体也会用旧
而野蛮的拆迁，从这一天开始了

三年后我疼痛、恶心、狂吐，抱着
腹部，在病床上打滚
医生乜我一眼说，开刀开刀！典型的
急性阑尾炎，必须趁早割掉
又说阑尾即盲肠，管腔狭窄，囊状，纯粹多余的东西
藏污纳垢，类似在身体里养一条蚯蚓
我说，割吧，割吧，打开我腹腔
但凡多余的东西，让我疼的东西
还有，不是东西的东西，请都给我割掉

五十五岁例行体检，测骨密度的机器
嗡嗡喊叫，提醒我骨质疏松
"肉身没有阳光了，必须补钙，补维生素ABCD
EFG……"医生看过图谱后警告说
我的骨骼脆了，酥了，有如地震后的山体
随时可能崩裂、坍塌、大面积滑坡

今年我六十岁，离生日还有三十九天
国防部追踪我那台时光扫描仪
正进入倒计时。而我新的病历还有如下文字：
前列腺增生、直肠位置出现异物
胸部透视可见油腻，疑似脂肪肝
颈部左右侧甲状腺各有一结节，0.2×0.3

我可不可以这样理解：我用旧的身体已是
一座危房，离倒塌和最后的强拆
不远了，而横冲直撞的推土机
正加足马力，朝我轰轰隆隆地碾过来……

2014年3月24日　平安里

挖掘记

我老家把生土叫三花土，就是选定某块
穴地，往深处狠狠地挖，狠狠地
挖，挖到锄头没有到过的地方
挖出大地的脚趾，让它露出从未露出的
真相

三年前我就这样挖过，带领四个从各地
赶回家的弟弟。我们泪水纷飞
从早到晚，疯狂地挖
撕心裂肺地挖，挖出的三花土
鲜艳欲滴，让我痛，让我的心一阵阵战栗
让我忍不住趴上去，闻它们，亲它们

水渗出来了！从未见过天日的水
清澈而又冰凉的水
如同在水的背面镀着一层水银
如同拉锯战中的反占领，反蚕食，反渗透
这时，我母亲的一句话让我们五个人
五个正在挖掘的亲兄弟
失声大哭。我母亲说——
他造了什么孽啊，天要罚他坐水牢？

生土就这样变成了熟土，因为它

从此有了人烟

从此有了我父亲渐渐腐烂的尸骨

2014年5月10日　平安里

游魂记

他们死不瞑目的理由是：遵照悼词或判词
找到了自己的家，自己
衣冠楚楚的躯壳
可找不到自己的真身。这时暮色四合
山冈上影影绰绰
许多人正倒着走路，在寻找自己的前生
他们或寿终正寝，或暴病而亡
或身背血债，以命抵命
我听见谁在独自喃喃：死亡
是最大的残局，你必须用来寻找真相

2015年9月6日　平安里

坚　持

中间那条缝隙如今已成为他们的楚河汉界
宽可趟马，可屯集十万军队
挖一条战壕。她恨只恨
不该识项羽；他悔只悔，本应过江东

战场坍为废墟，厌恶的草长得比欲望还深
还能怎么样呢？天热时捂紧感冒
天冷时压住风寒，天不冷不热时严防死守
谨防贼心不死的那个人，月夜偷渡

就看谁能熬到天亮了！一辆车拉上半坡
他期待人仰马翻，她渴望破罐子破摔

2013年7月17日　南沙滩

南　渡

南渡。在虚构的魏晋，在假想的竹林里
我想不到我还能小鹿乱撞，心怀
千岁忧；我想不到万山
也许一溪奔，而恰恰，你就在对岸

这时下雨了，夜深了，铜壶里的水也烧开了
银毫在陶做的杯子里，翻滚
舒展，根根倒立，还原着峰峦耸峙
幽谷深陷，流水在青石上

涓涓流淌。那么让我们坐胡床，吃胡饼
倾情对萧鼓；那么打开闸门，放出
身体里的那只野兽，让它们
相互攻击，厮磨，不知疲倦地缠斗
在咻咻低吼中踩倒一片青草

啊，雨滴山野，水煎清茶，这纸上的
仙境，是不是太美了？太疯狂并太嚣张了？
而你说身是菩提树，天机不可道破
而我说命若朝露晞，你我领回的
只不过是各自的一个梦幻，一份圣餐

2013年6月28日　南沙滩

一个人的废墟

她说，我要和你讨论废墟

你说一个人死了

埋葬他的坟墓，是不是他的废墟？

你说那些殉道者或亡命徒

当他们在电闪雷鸣声中

将自己四分五裂，之后从天空飘落的

血、碎骨，和被烧焦的衣片

是不是他们的废墟？

再有，当一个人在木桥上走

不慎失足，几天后

漂流，沉没，成为鱼们的食物

而这些鱼

是不是这个人的废墟？

苍白着脸，在从医院回家的路上

这个女人喋喋不休

她说：那个小小的人儿啊

还不知是男是女，连豆粒大的眼睛

都没有长出来呢

就这么没有了，消失了

化作了水

空气，一缕缕烟尘

你说，我是不是它的废墟？

2010年4月25日　北京

哲学教授跳楼

我先是在报纸上看到新闻：他黎明起床

换上每天必穿的运动装

陪年迈的岳父爬上十八层楼顶

晨练。他在做过几轮健身操，沿楼的四角跑完

三十圈之后，送岳父下楼，然后再上楼

然后探出女儿墙，把自己

奋力扔了出去，用头颅在南方那座城市的

薄薄雪地上，开一大团梅花

就像玩一样，就像去验证一条真理

是否颠簸不破一样

他跳楼，从十八层高楼跳下去

把自己原来就有的小名声

弄得更大了，让我在千里之外听见嘭咚一声

为他悚然一惊

我想告诉你的是，他是哲学教授

我认识他！我们在同一间教室学过四年

康德、黑格尔、费尔巴哈

三十年后，上百个同学各奔东西

有人当官了，有人发财了

有人败给了心里的魔鬼，进了监狱

也有人驾鹤西去，在另一个世界

冷冷地望着我们走来走去

唯有他仍然对哲学着迷，对生死着迷

都把学讲到台湾去了，把书出到

新加坡去了。是剑走偏锋探讨自杀的书

他寻寻觅觅，把东汉西汉、前世今生

任何一个悬在传说的横梁上

卡在文字夹缝里的自杀者，一一叫醒

为他们整理口述实录，说出他们

从未告人的怨恨、伤痛和决绝

在书里，他像西尔维亚·普拉斯那样

惊叹说：人都是要死的，而死亡

是一种智慧；你怎样让它分外精彩？

我弄不明白的是，他为什么要选择从一座

十八层高楼跳下去？

是想测试十八层地狱的深度吗？

就像不是跳楼一样，就像去验证一条真理

是否有瑕疵，是否颠簸不破一样

2014年2月21日　平安里

日子越过越不够分量

"人生如梦，转眼就是百年……"

在舞台上听到鸠山说这句话
我义愤填膺，心里想，这个老鬼子
胡说八道！人生怎么能如梦呢？
一百年又是多么漫长啊
如果你把一百年的日子堆起来
是一座直插云霄的山，比喜马拉雅山还高
还庞大、雄伟、莽莽苍苍
而我们只不过是一只只
小蚂蚁，我们爬呀，爬呀，爬呀
要哪年哪月，才能爬上山顶？

现在我年过半百，忽然觉得这日子
短了，薄了，稀松了，越过
越轻，越过越不够分量了
好像通过奸诈商贩倒过一手
缺斤少两；好像他们往暗暗囤积的日子里
掺了瘦肉精、一滴香、三聚氰胺
或者施了化肥，让它们长出
四条腿，六扇翅膀
过着过着，便在加速，便飞起来了
不信你随便抽出一叠日子

看看，肯定有些月份，甚至有些年份
你什么也想不起来，就像
没过过一样；就像你兴冲冲数一笔钱
数着数着，忽然发现有几张假币

年过半百，我知道我的好日子不多了
快到头了，必须省着过
精打细算地过。剩下的，有许多是
霜打的日子，虫蛀的日子
疙疙瘩瘩残次的日子
必须用药丸和刀片，修修补补
而更后的一些日子
你鞭长莫及，根本控制不住它
比方说，你过着过着，突然心梗了，脑梗了
痴呆了，歪斜着嘴角流哈喇子
这时你就像被通缉的逃犯
苟延残喘，今天不知道明天的事

如果哪天你在半路上看见我颓然倒地
口吐白沫，脸色像锅底那么黑
请不要惊慌，不要离我而去
之后请你从我上衣贴胸的口袋里
掏出一个小扁盒，打开
在那儿，放着救我命的硝酸甘油

2013年7月25日　南沙滩

六十岁撒一次野

六十岁，一只蛋滚向办公桌的边缘
离坠落、粉碎、肝脑涂地
还差三公分
正好与我剩下的工作时间，相等

六十岁。一只蛋滚到办公桌的边缘停住了
是我按住了它。是我让这只蛋
在三公分允许的范围内
停止前进，而后横过来，向两边移动
是的！我就是这只蛋，我命令自己
停下脚步，在六十岁的时候撒一次野

我申明，我是一个好人，一个听话的人
循规蹈矩，就像一朵葵花
一生接受阳光的指引
和驱策。又像一匹马，不用鞭打也能蹄声
嘚嘚，把车拉到指定的位置
到六十岁，我忽然发现我也是一只蛋
一只摇滚里唱的红旗下的蛋
我圆润光滑，一路滚动，从未被打碎

六十岁，我上班故意迟到十五分钟
下班公然提前半个小时

说话的声音，不知不觉加入了火药和雷鸣
脚步也放缓了，从一楼爬到四楼
我上来慢慢地数一遍，下来又慢慢地
数一遍，如入无人之境

六十岁，我不请示，不汇报，不鹦鹉
学舌，不使用陈词滥调，也不像
看天气预报那样，看人们脸色的阴晴圆缺
六十岁我松开手闸，撒一次野
把我那辆老爷车，开得心花怒放

六十岁，我站在仅剩三公分的悬崖边
看着夕阳在黄昏的天边，慢慢凋落

2013年7月25日　南沙滩

南沙滩

南沙滩在北京的北四环之外，南沙滩过去
是南沟泥河，南沟泥河过去
是豹房……看到这些地名，你会想到
当年，这里有一条河
流水清澈，沙滩上的沙子粒粒金黄
河两岸的树林和草木深得可以
藏奸，可以野合；到了晚上天空像毡房那样
低下来，伸手可以摘星星
而田野里萤火点点，蛙鼓喧天
连住在紫禁城的皇帝——那时还很生猛——
也常来踏青、戏水、夜观
天象，换着口味地宠幸豹房里的女豹子

南沙滩附近还有北沙滩，就像有天安门就有
地安门，有前海就有后海
北京真他妈气派啊！把海挖在院子里
把沙滩留在郊外，还北沙滩
南沙滩，其实就是一条小水沟，两片沙地
外加木轮车歪歪扭扭碾出的
两道车辙。而我这个十年住户用十年
时间，跟着操各种口音的施工队
挖地三尺，也没有挖到皇帝失手打碎的
某个青花瓷瓶的某块碎片

我能告诉你的是，如今从南沙滩往西走

是清华、北大，从南沙滩往东走

是我家的后花园——此地有两处风景

一个叫鸟巢，一个叫水立方

不过鸟儿没有几只，水是用池子圈养的

是的，真正让我对南沙滩大发感慨的

是我儿子。他生在南沙滩的

水泥上，长在南沙滩的水泥丛林里

又在像碉堡般围着的部队院子里

学会了滑旱冰，滑蛇板，然后去满大街的

匝道、盲道和鸟巢的环形跑道上

弓身冲浪，模仿在大海弄潮的样子

现在他读书了，识字了，懂得从三毛

和梭罗的书本里，摘抄好词好句

有一天，他忽然问我：大哥，说南沙滩

南沙滩，去哪儿听取蛙声一片？

2013年7月26日　南沙滩

从前的一场雨

雨在沙沙地下。长鼻子的乡村班车向竹林
深处驶去。她就坐在我身边，长着
一张城里人好看的脸，而我觉得
她就是一滴雨：清澈、浑圆，亮晶晶的
刚刚从窗外溅进来，压住了车厢里
浓重的汽油味，和一摊摊呕吐物的
酸腐味。我自觉地蜷起腿，听她字正腔圆
从嘴里吐出的每个字，却不敢靠近她
保持着一个乡村少年固有的自尊
和隐忍。但在颠簸中，我还是触电般碰到了
她的手臂和大腿，闻见了她雨水一样
清新的味道。这让我愉悦，心在怦怦地跳
我努力想对她说点什么，但不想告诉她
我是附近山里的一个孩子，父母是
农民，正要去雨中的那片竹林里
扛毛竹。我十五岁嫩豆芽般的小身子将被
沉重的负累压弯。但她好像不在乎这些
她好像很愿意有我这样的一个忠实
听众。她在讲述她的童年，她在城里曾经
拥有的画片、镜子、小轮自行车
少年先锋队的队旗、队歌和咚咚敲响的
军鼓。这又让我想入非非，让我在许多年
又许多年后，仍然记得她身上那股味道

318

感到她好听的声音就像那天的雨

打在我心里：清澈、浑圆，亮晶晶的

许多年又许多年后，我老了，在城市的雨中

我发现每一张回头的脸，都似曾相识

2014年9月5日　北京

木渣像鸟那样飞

木匠的斧头砍下去，木渣像鸟那样飞
接着是千万只飞翔的鸟
日子老了，鸟们纷纷扔下用旧的羽毛

这些正被一个女人看见和听见
她不会错认为雪花
不会错认那个红衣红裤，从河的对岸涉水
而来的女子
此刻正从她的身体里脱身而去

木匠边砍棺木边大声地说
好啊，好啊
命留不住的东西，神也留不住
木匠又说：唢呐开道
骨头打鼓
这是她来年最想听到的

2010年5月26日　北京平安里

画外音

NO.1：蜜蜂和它们的巢

那层层叠叠的建筑之美，你必须

从空中看，从它们一再压低

而后把春天当服饰的

柔软肢体看。是一群忙碌的工蜂！伟大的

集体主义者，情场上的角斗士

身怀绝技和暗器

迅疾、矫健、凶猛，具有攻击性

或者称它们采花大盗吧

为一小勺蜜，给拦路者下毒

对戍守者行刺，把浑身解数发挥至酣畅淋漓

发挥至翻手为云，覆手为雨

NO.2：雪山，我们的父王

独对苍茫，他坐在那里看盘古开天

看后羿射日，看蚂蚁般细小的

人们，从尘埃里爬起来

沐猴而冠，玩些尔虞我诈的小把戏

他看远去的女儿水珠乱迸地，从膝盖上滑落

翩翩身影像经书那般一卷卷翻开

没有亲疏厚薄之分

舞罢一曲，她们昂起头说：父王

你可要记住我们啊

记住我们的脸，像朵朵盛开的葵花

NO.3：乳奔

应该是炸裂的前兆，胸前的一朵雪

光芒万丈！我视绸缎如风

视棉麻如网，视环佩叮当

如俗尘和蛇足之物，哗的一声撕开

凤凰是什么样子我就是什么样子

可我有比凤凰更华丽的羽毛

和身段，更柔软的凶器

我奔腾，我跳跃，渴望崩溃、坍塌和粉碎

渴望被一只手握紧

然后在掌心，像糖一样瞬间融化

NO.4：月下的白衣舞者

认得出这是纷飞的梨花吗？它们的白

是迷幻的白，潮湿的白

是幽暗月光下走出雷峰塔的白素贞

率领面敷霜雪的姐妹

长袖善舞的白。有锣鼓点敲得像急雨乱箭

有凄切的啊呀咿呀，说我的官人

我的夫君，此生恩断义绝

我只能交给你这些

白如潮水，但被狂风揉碎的花瓣了

它们随风飘零

但即使化作尘泥，依然白璧无瑕………

NO.5：你在咫尺，你在天涯

问一个古老的问题：你在哪里？

用声音呼喊你，分贝被吸走

用手掌抚摸你，指纹被吸走

而且还那么虚幻，看不清你的嘴巴和鼻子

你眼里的四季，像云的脚印在水面上漂

只有中间这道墙是真实的

穿得过光，但穿不过呼吸、体温、心跳

这是在白天。到了夜晚，寂静

黑。猫在楼顶上撕心裂肺

我搂住你的躯体搂不住你的真身

NO.6：我是我自己的……

当对影成三人或成四人，其实

只有一人，只剩下我

而我是我自己的城堡，我自己的

监狱。我摇晃锈迹斑斑的栅栏

时而像刺猬那样缩成一团

时而像画幅

大面积摊开，但终不能破蛹

成蝶。我还是我自己的盔甲，我自己的

躯壳，在你面前假戏真做

我用尖锐的指甲，剥啊，剥啊

把自己剥得鲜血淋漓

终不能剥开真相，剥出另一个我

NO.7：桃之夭夭

桃子脸，弯弯眉，腰是流水做的

两只手满是拉进拉出的抽屉

拉出一只：山川、河流、幻飞的鸟

拉出一只：洞庭的渔歌、秦淮的箫

而现在我们拉出的那只

叫桃之夭夭，就是灼灼其华的桃，呕心沥血

的桃，在我们的骨头里，一朵朵

一丛丛、一树树地，开了

那铺天盖地的红，吹吹打打的红

仿若魂魄在催：归！归！归……

NO.8：月亮照见白骨

我认出他是苦命的钟馗，屁股下

坐着江山，也坐着乱石

浊世间阴气太重，月光照见白骨

那么多的人死得不明不白

那么多人坐在黑夜，暗自悲泣

当状子阅到第101卷，衙门口又有谁大声喊冤

说她的身子沉在水潭，她的头

埋在河边的第七棵树下

捉鬼人如梦初醒，在朝堂怒喝——

"贼子大胆，小的们快快备马！"

NO.9：对春天的顶礼膜拜

彤红的祝福缘背脊攀向天空。斗笠

香烛、赤裸着踩踏荆棘的脚

在踏歌

唯这一天我们浓墨重彩

对春天顶礼膜拜——大地上的五谷啊

我们称之为血中的血，命中的命

我们就卑贱地苦乐自知地

活在这命里。就像此刻我们把自己放上祭坛

在一片春光里酩酊

等待来日汗珠子落地，摔八瓣

NO.10：去高山上敲鼓

黄昏降临的时候适合物我两忘

爱情能成为最后的救赎

或祭献？而我只差往手帕里咯血了，只差和你

交换肉身里的水土了

现在我留着一头牛的力气，并准备了

一小杯叹息，一小杯愁绪

一小杯足以杀死自己的毒

趁今夜云淡风轻，天上挂出最红那盏宫灯

在西皮流水中，我要

打虎上山，把鼓推到最高处去敲

2015年2月11日—18日　南沙滩

老虎，老虎

飞流直下！那么多的老虎从水里跑出来
那么多的怒吼
和咆哮，大地在颤动中裂开一道峡谷

不！我看见的不是一脚踏空，不是
疯狂地去追逐仓皇奔逃的
一群兔子，或者麋鹿
这激情的老虎，嚣张的老虎，血脉偾张到
前赴后继的老虎，它们互相撕咬
互相挤压、冲撞和踩踏
就这样不要命地，纷纷，也就是一群
接着一群地，从三千尺高的悬崖
跌落下去，翻滚下去
那勇敢而骄傲地献身，光芒灿烂

信不信？老虎藏在水里，老虎藏在岩石里
老虎也藏在我们的身体里
我们奔腾的血液里
此刻，老虎们在摇晃栅栏
是把它们放出来，还是把它们按住？
是的。这个上午，我因为看见和听见
而成为最后的盲者
这个上午我都在念叨：老虎，老虎……

2011年12月16日　北京平安里

原　址

你怎么能找到它呢？一座高楼是新建的
油漆成楠木的柱子还飘出
去年的松香味；而盐无论如何囤不住
盐商家的屋宇遮遮掩掩
仍露出清朝的一角；年岁最老的一面碑
骨骼清奇，被镶嵌在玻璃橱窗里
但它在喘息，在空空地咳嗽
听得出受了宋朝的风寒
往事越千年哪！一匹马早跑死在时光中

跑不死的是我们看见的这片高天厚土
这片给盆地镶边的平原
环抱着盛唐的河流、飞鸟和诗歌
它比那匹马跑得还快
还更早到达，你没看见它腾空四蹄
开始爬坡，开始像海啸那般
一浪高过一浪，又像山那样超拔和险峻？
原来就是层层叠叠的山脉
我认出最高最耀眼的那座，叫喜马拉雅

还需要说穿吗？一个横空出世的人
脚下必有横空出世的台阶，和天梯

2012年11月　江油归来

327

在朱仙镇听豫剧

一条河流的源头。一片被战争反复
踩踏的土地。那哒哒的马蹄
是另一种犁铧，它们插进泥土
种下白骨也种下悲怆
而那喊命般的唱腔，是此后一年年
生长出来的，非物质的刀枪剑戟

因而这座大厅要盖得像天空那么高
所有的门窗都必须打开
即使哈气成霜，他们也要把像刀子一样的风
喊进来，把黄河的怒涛喊进来
接踵而至的，是十万匹铁骑
十万支寒光凛凛的刀剑
十万颗血迹斑斑，骨碌碌滚动的头颅

啊，那么冷的天，那么高亢的旋律
男人们在喊，女人们也在喊
连扎小辫子的孩儿也喊得
火光迸溅。我感到天都要被他们喊破了
地都要被他们喊塌了。但我听不清
一个字，虽然我感到每个字
都是灼烫的，有一股浓浓的血腥味

这之后，他们从一滴70度的烈酒里

给我放下一挂梯子，让我沿梯子

攀爬——梯子在风中摇晃——

我看见在梯子的最顶端

是一个叫宋的朝廷，那朝廷也在风中摇晃

2015年9月　开封归来

黄金甲

乱花迷眼！我在汉中三月的油菜地里醒来

在汉中三月高上云端的油菜地里

拔出插进喉咙的那枚箭镞

用灿烂的花瓣堵住

汩汩奔涌的血，就像堵住一条泛滥的河

一千七百年了，我身体里的那条河啊

蒸腾了，干涸了，流得一滴不剩

只剩下水的幻想，一条大河

流淌和翻滚的幻想。一千七百年了

我在每年三月的雨水中醒来，才发现

浑身软瘫，一个柔软的怀抱

正像孩子那样搂着我

抱紧我，又像摇晃花朵那样摇晃着我

那是我的母亲，我的妻子，我的女儿

她们用温暖的子宫

一年年生我，一次次跪在地上

用雪白的牙咬断脐带

我一次次醒来，听着她们唱着汉家的谣曲

闻着从她们身上丝丝缕缕

散发的，青草的香味，乳水的香味

我汉家的女子都是痴情的女子啊

她们布衣裙衩，在年年的三月

把阳光一朵朵插在头顶上

在年年的三月

用遍地黄金，一遍遍

擦拭我的戈矛，缝补我的战袍

我一次次在三月醒来，一次次听见

大风在吹，鼙鼓在敲

一次次追着我汉家的大纛，汉家的军阵

奔走在通向大散关的栈道上

2015年4月10日　汉中归来

稀世之鸟

我知道有巨大秘密深藏在千山万壑之中
水草间飞起的那只鸟
是一段序曲，一首诗意味深长的题记

朱鹮。细细的秦篆的爪，长长的汉隶的喙
比繁体字更古老，更深邃
当它飞翔
湿漉漉的白羽噼噼啪啪滴落殷商的水珠

是鸟中的一粒钻石在飞
化石中的一声鸣叫在飞

我相信稀世之鸟必诞生于祥瑞之地
在汉中，我需要一把怎样的钥匙
才能在天地之间
打开它遍地埋藏的无穷无尽的秘密？

2015年4月14日　汉中归来

深夜在玄天湖边静坐

我做了什么善事？它用那么精美的一只盘子
给我端出一湖的星星

一颗，一颗，用云朵擦过
又放在清水里泡
像用一泓童贞浸泡一只只眼睛

全世界的人在此刻都是幸福的
他们卸下重轭，以孕育的姿势回到母亲的子宫
或抱着自认为可以
终生托付的人，在梦里偷吃月亮

唯我把自己从睡眠中拔出来
想借它庞大的静
推开心中的乱石
一湖的星星，我只选择我置身的那一颗
在接下来的日子
拂去浮尘，仔细辨认我蓬头垢面的一生

2016年4月20日　铜梁归来

大 地 上 万 物 皆 有 信 使

大地上万物皆有信使

我们是既渺小又伟大的物种：春天用万紫千红

给我们写信，诉说这个世界阳光灿烂

晴天永远多于雨天；夏天

燃起一堆大火，告诉我们食物必须烧熟了再吃

或者放进瓦釜与铜鼎，烹熟了再吃

秋天五谷丰登，浆果像雨那样落在

地上，腐烂，散发出酒的甜味

冬天铺开一张巨大的白纸，让我们倾诉

和忏悔，给人类留下证词

而妹妹，这些都是神对我说的，它说大地上万物

皆有信使，就像早晨我去河边洗脸

不慎滑倒，木桥上薄薄的一层霜

告诉我河面要结冰了，从此一个漫长的季节

将不需要渡轮。甚至天空，甚至宇宙

比如我们头顶的月亮，你看见它高高在上

其实它愿终生匍匐在你脚下，做你的奴仆

即使你藏进深山，修身为尼

它也能找到你，敲响你身体里的钟声

2019年1月18日 北京南沙滩

天命玄鸟

一

神的信使，背负大海和星辰穿过针眼
但短短的喙终未啄破日月
现在它羽冠纷披，用两扇翅膀缓缓把天空收拢
现在天地翻覆，断裂的时光如一双手
匆匆卷起一幅画；现在
它说，是时候了，告别的日子已来临

"天命玄鸟，降而生商。"
这是古人在颂圣时说的
那么古人是什么时候的古人？宋吗？唐吗？
抑或唐宋以远，商以远，尧舜以远？
穿黑衣的人诡秘一笑，像一朵枯萎的花
关闭虚妄的春天。但我要告诉你
他姓马，在浮世中，在一地又一地的
历史碎片中，他信仰天马行空

"有器物证明，那时的马和鸟都长着翅膀
人也长着翅膀
玉石上刻下的印记就是这么告诉我们的。"
而玉是有思想的石头，它们细腻

温润，冷暖自知，懂得一个朝代的兴衰

我可以理解雕玉的人和怀玉的人
他们是用汗水和灵性
在掌心里
养一只宠物吗？
因此众鸟高飞，唯有这只它不飞

二

我看见他们在筑城。我看见他们面容黯淡
四肢孔武有力；我看见他们筑起
城墙，筑起拦住河流的大坝
筑起宫殿、庙宇、祈求风调雨顺的祭天台

他们伐木。他们垒石。他们躬耕和狩猎
他们把一棵棵树挖成独木舟
划向大海，从波涛深处取回鲸鱼的骨头

他们驯服野兽，种植水稻，把稻种
像鱼干那样挂在门前
他们为女人打磨胸前的饰物，打磨玉鸟、玉琮、玉璧
单管或双管串珠，期盼她们生养射虎的人
追日的人，刑天舞干戚的人

他们通过一只鸟，与神对话，与苍天
达成和解

并以此建立律法、宗教、伦理、纲常

但他们惊鸿一现，像天空划过的一颗流星
像一个庞大的野战兵团，走进
沙漠，返身抹平自己留下的最后一行足迹

三

或者，它是人类童年的一个梦境
大地上的一次海市蜃楼
如同托马斯·康帕内拉的太阳城

四

我在辞典上查阅"渚"这个字，辞典告诉我
渚，为水中间的小块陆地
那么是谁告诉辞典的？是我眼前的良渚吗？

这就是说，这里曾是泱泱泽国
这里曾经沧海
这里是洪荒退尽后渐渐露出的一个世外桃源
这里或是被山崩地裂，或是被山呼海啸
或是被海枯石烂
埋葬的，一个城邦，一个王国

记住这一切的，唯有立在高台上的这只玉鸟
它思接千载，承上启下
它独对苍茫，守口如瓶

五

后来，水漫上来；带海腥味的淤泥漫上来
再后来草漫上来，树木的根漫上来
云朵、闪光的雨和渐渐明亮的星辰漫上来

我想象这只鸟的身影有多么孤独和无助
我想象当一阵强过一阵的风
吹过来，它锋利的指爪，把高台上压住江山的那块砖
都抓出血来了
之后，在凄凄哀鸣中，它渐渐成为那艘
轰隆隆下沉的船，最后举起的那根桅杆

发现地下也有一片天空，是后来的事情
发现地下的天空也被星光照耀
同样是后来的事情
发现从此在天空下走动的生灵，眼窝
深陷，既长着一张鸟的脸，也长着一张人的脸
是这只玉鸟，这只玄鸟，五千年后
在这个叫良渚的地方
重临大地，再次拍打翅膀，展翅欲飞

中间隔着沧海桑田，隔着无穷无尽的黑暗

六

我可以是这只鸟吗？我们可以是这只鸟吗？

穿黑衣的人说当然，在古良渚国的天空翱翔
我们谁都可以是这只玉鸟，这只玄鸟
我们谁都可以破译自己
血液里的DNA，说出你和我作为人的秘密

但它在唐宋以远，商以远，尧舜以远
你有斑斓的羽毛？你有飞越苍茫的两扇翅膀吗？

2018年7月8日—16日　北京

忆秦娥

那天黎明，我看过表：三点五十七分
我不是被窗外的鸟鸣，而是被
卡在喉咙里的一句诗
惊醒的。一句很美很意味深长的诗啊
诗曰："三千年了，时间
停留在我们这些身怀香草的人身上。"

你知道，这是江河入海时被冲刷出来的古滩涂
白天，我们一起去爬了那座低矮的
叫小香山的山（从前应该是个岛）
山上有一条采香小径
几千年前在小径上攀爬的人，肯定就是吴国的那些
婀娜多姿的，叫娥或者叫蔻的女子了

而这时我匍匐在山上的某个地方
我无名无姓，但手执
兵器
日夜听着那条大河在奔腾

你不知道的是，昨晚在我的梦里
孩子在哭，我被一堆文稿
弄得焦头烂额
我一次次把文稿理顺，一页页用手机

拍下来，传给远方的某个人
风总是一次次让我推倒重来

我还应该告诉你，依旧在凌晨
我把惊醒我的那句诗
整理出来
接着又写了下面几句——

"三千年了，如果我还要用她
把她从丝绸里抽出来
她仍然鲜嫩如初
就像当年夫差或者勾践
从剑匣里，各自抽出他们悬挂在腰间的
那把剑。"

2018年11月17日　张家港

大海星辰

天空不讲道理地蓝；被海水掏空的世界
又被海水填满了。这样一种漫漶
让我感到恐惧
迷茫，感到一种怎么也按捺不住的惊慌

肯定我做错了什么，万劫不复的一群白鲣鸟
贴着螺旋桨翻起的白浪，穷追
不舍，它们要夺回我带走的一小块珊瑚石？

如果按1∶10000的比例尺缩小
我知道我什么也不是
可以忽略不计；我乘坐的这艘有五层楼高的大船
也什么都不是，可以忽略不计

站在甲板上看大海，我发现我
随时有可能失控跳下去
回到船舱，不禁惊出一身冷汗

2017年2月20日　北京

344

砗磲

海浪不知疲倦地奔腾，这些任性的
身体里仿佛装着一部永动机
的孩子，满世界乱跑
我在西沙永兴岛的海滩上捡到它们丢弃的
一只鞋子，但如果想捡到它们
丢弃的另一只
必须有天大的本事，必须把海水抽干

除非你能爬到月亮的桅杆上去
命令潮汐退回深渊，再一次卷土重来

2017年2月22日　北京

海边的铁

那个早晨我为什么走进海边的那片荒地
如今我怎么也想不起来
我能想起来的是
我看见了那些残损的发电机、铁壳船、变压器，扭曲的
轮毂、脚手架上报废的铁管和弯头……

它们无精打采地堆在那里，正在集体锈蚀
和腐烂，像许多年前的一场雪
越下越深
连青草都敢踩着它们，噼里啪啦地往上长

海边的铁！我看见大海用牙齿咬住它们
有如用一拨拨海浪咬住礁石，不舍昼夜

2016年8月16日　北京

化身为雪

笨人自有笨人的办法，比如说我爱你
我将化身为雪，不是为炫耀我的白
我的轻盈、飘逸和晶莹
穿着白裙子满世界起舞
而是要告诉你：高山、屋顶，我们这座城市
最高那座电视塔的塔尖
只要你喜欢，我都能爬上去
把你高高举起来，让你像星光那样闪耀

如果你喜欢低处，我就落到水里去
落到汹涌的大海里去，像间谍那样
身负使命去卧底
但我会告诉遇见的每一滴水
清者自清，浊者自浊，我拒绝同流合污

2019年2月19日　北京雪后

钻　石

我可以把诗人想象成一座城市的钻石吗？

我是说黄沙敲门的兰州，寒风割面
的兰州，枕着一条大河
睡眠和醒来
他们以沙哑的声音歌唱，用它水土的苦
它植物、动物和泥沙中
折断锋刃的
刀剑的饥饿，扼制这片土地的苍凉

是在皋兰山长久地眺望天狼星那个
在红火焰的季节里祈求
落下一场雨那个；也是脸色忧伤地朝向熟稔的乡音
神色慌张地掏出一张纸币那个
总在街道的拐角处遇见
低头点烟时，被相互围住的一团火照亮
如果离开，是想念它的时候
眼泪流到唇边
又用舌头舔干净，独自咽下去那个

或大地上粗粝但晶莹的石头，被隐形的黄金分割律
反复分割之后，剩下的那一小部分
呈现出优美的晶面

郁悒而苍茫的灵魂，可以读作胆汁

汗血，良心，我们这个时代失传已久的解药

2019年1月16日　北京

吃一只蟹

吃一只蟹必须像一只蟹那样张牙舞爪
动用十八般兵器
吃一只蟹，餐桌边坐着一只更大的蟹

毕其一生，蟹为自己建造一座城堡
把月光和银子埋在骨头里
蟹英勇骁战，它是它自己的国王，自己的臣民
和守卒，坚守到最后
紧紧地抱成一团，誓与江山共存亡

吃一只蟹是野蛮的，暴烈的
相当于屠一座城，倾巢之下无完卵

2016年9月21日　北京

十年中的某一年

真想不起来。突然每年只列举一件事地
回想过去十年，有一年，我绞尽脑汁
我上穷碧落下黄泉，可什么也
想不起来。就像这一年无端地蒸发了，不小心丢失了
什么也没有留下；就像十年旅途在这一年
没有进站停靠，我乘坐的列车呼啸而过

一年中大大小小该发生多少事？一年中
欢喜的，悲伤的；快乐的，郁悒的
情深意长的，云淡风轻的……
即使杂乱无章，鸡零狗碎，一地鸡毛
但一年中少了哪件事，就算这件事微不足道
如同一粒尘埃，这一年也过不去
但十年中忘记这一年，我是怎么过来的？

就这么有意思，当我们回想过去十年
会没缘由地忘记某一年
怎么也想不起来，该庆幸还是悲伤？

就是说，对那一年，我忘记了它的阳光
曾照在脸上，也忘记了它笼罩的阴影

2019年1月17日　　北京南沙滩

水底一枚硬币

不是多年前遗忘在抽屉角落的那一枚
也不是寂寞地躺在路边的草丛里
懒得弯下腰去拾捡的那一枚
我说的是时光。那年我十二岁，还是一个
青衣少年，愣头愣脑地跳进故乡的水潭里
野游。水清得能数清河底的鹅卵石
但我突然呛水了。我惊慌失措。我感到我的肺
就要炸裂。我拼命扑打着往水面上钻
水底的涡流像撒野的村妇，死死
扯住我的小裤衩，在我的仓皇逃离中
放肆地嘲笑并羞辱我的稚嫩
我的孱弱；我作为一个孩子尚未展开就被
扑灭的年少轻狂。当我死里逃生
趴在岸边的岩石上，嗷嗷吐着灌满一肚子
的水，这时我看见了我遗落在水里的
一枚硬币；它影影绰绰，像一小朵明亮的
阳光，一段美丽但瞬间即逝的早恋
一个握在我手里，总也舍不得松开的梦
我懊恼不迭，真想一个猛子钻回水里
把它捞回来。可我惊魂未定，两条细细的腿
软塌塌的，小小的一颗心在剧烈颤抖
瘦削的身子像颗蚕茧，被一只看不见的手
一丝丝掏空了，一点力气都没有

也就是说，在几十年前的那一天
我完败于流水，提前交出了对这个世界的恐惧和妥协
许多年后，我才知道我当年遗落了什么
水底一枚硬币，一直在我的眼前晃呀晃

2016年10月　北京

陪一个大姐去南方寻找父亲

医生在她的脖子上拉了一刀，取出

癌；一场车祸折断了三根肋骨

七十九岁那年，又被机器诊断出中度脑梗死

症状为：头晕、目眩、间歇性呕吐

走在路上常常像风车那样旋转，之后

栽倒，手脚被跌得青一块紫一块

体无完肤。这个浑身打满补丁的人啊

她知道她老了，但执意要去南方寻找父亲

寻找她血脉的源头。她说她可怜的父亲

死于暗伤，他用了四十八年去死

用了四十八年把身体里的气血、蛮勇

忠贞，积攒了半个多世纪的眷恋

一点点耗尽；用了四十八年，把尸骨

从南方一路抛向北方。四十八年

再四十五年了，她说，风雨洗刷草木

她要把她父亲散落的骨头，一块一块悉心地

捡回来，洗干净，埋在她苍老的心里

这个浑身打满补丁的人啊，她跟跟跄跄

颤颤巍巍，在人迹罕至的高山上走

在茅草霸占的鸟道上走，像一只纸糊的灯笼

站在近处听得见她身体里有瓷器

打碎的声音，布帛像帆一样渐渐鼓满的声音

我走在下风口，小心翼翼地搀着她

时刻提防小小的一阵风吹过来

哗的一声，把她身上的补丁再一次撕开

2014年10月15日　平安里

第一场雪

听到父亲去世那个夜晚北京大雪纷飞

我正把车开进停车场

车停下，眼前一片白茫茫

我突然感到走投无路，像一个弃儿

这是那年北京下的第一场雪

像疯了一样

白茫茫一片

说不出为什么，从此我把

每年下的第一场雪

都认作父亲捎来的书信

——我父亲是个农民，大字不识

从未把他对儿女的呼唤诉诸文字

2010年1月4日　北京雪夜

母亲在病床上

我抱紧我的母亲。在小城吉安
我的母亲哭了，像孩子一样
哭。他们在她的肚子里翻箱倒柜地找石头
用刀子和腹腔镜
第一次失败了，第二次医生说
难免不失败，石头总也找不完
"我做了什么伤天害理的事？得这恶病。"
我母亲说这话时，惊恐万丈

我八十五岁的母亲，那么小
那么无助。我听见她的骨头
在哗啦哗啦响。我抱紧我的母亲和她这身骨头
哗啦哗啦响。我感到我母亲在我怀里
颤抖，有几次我发现她在暗暗用力
她想把自己从我的怀里
抽出来。我用身上两个最隐秘的地方养育我的母亲啊
当着病房两个同是从乡下来的人
她想把她自己，从我怀里抽出来

我的母亲在哭，她说她现在知道
什么叫疼了。我生育过八个孩子的母亲
用身体经历过八次脱胎换骨
八次疼痛至十二级的剥离和撕裂

我抱紧我的母亲，他们在她身上找石头

没完没了。我八十五岁的母亲

在哭，在我的怀里颤抖

我和我母亲

抱紧她一身松散的骨头，在哗啦哗啦响

2018年11月18日　吉安至北京

碘化银

那大炮是干什么用的？在攀山的路上
我儿子这样问我的时候，炮塔上的炮手正在快速旋转
方向机和高低机；炮口指向苍茫的天空
我纠正我儿子说，那不该叫大炮
准确地说，应该叫高炮，口径37毫米
弹头里装的不是钢铁和火药
也不是阴谋和仇恨，而是一种叫碘化银的颗粒
当它们在云端散开，发生裂变，弥漫在那里的
一粒粒小水珠，就会像突然听见上课铃声
的孩子，从睡梦中惊醒，然后匆匆
奔跑，匆匆冷却和凝固；再然后，便化身漫天大雨

——你没听见山坡上那些庄稼，那些玉米
土豆、红薯、山药……叶子都枯了
正在声嘶力竭地喊：渴啊、渴啊、渴……

这时炮声响了！猝不及防地响，惊天动地
地响，人们像锅里的豆子那样被炒得蹦了起来
又像一窝麻雀，羽冠纷披
惶乱地向四处飞
啊啊，那声音太威武了，太震撼了
连耳朵都快被它震聋了，连心都被它震得快要
蹦出来了。我慌忙寻找兴奋中跑散的儿子

我怕他在炮声中颤抖，怕他那颗

小小的心脏和小小的胆

被震碎了

但我儿子，我儿子，你看他那么小的

一个人，此时竟站在

炮口下，在哆哆嗦嗦地录炮口冒出的硝烟

后来我儿子骄傲地告诉我，炮口向上

他知道自己是安全的

他想录下从天空落下来的第一滴雨

在瓢泼大雨中，我紧紧搂着我儿子

从未感到做一个父亲

有如此的温暖和幸福，如此的悲喜交加

2014年9月　重庆酉阳归来

火焰，你说话

火焰烧着了她的身体、她的头发和她的嗓音
凄绝的美就缺这样一个尾声了
把星空推远
现在她唯一要做的，就是追上她的灵魂

"火焰，你说话！"她孤独地站在舞台中央
以枯树之姿，危岩之姿，一道闪电
劈开乌云，让天空崩裂之姿
说完最后一句台词，完成生命的最后一次
亮相

台下每一颗心都在震颤，每一双眼睛都看着她
把彤红的火焰，穿在身上
就像许多年前，她反复把朝露、云霞和海浪
穿在身上

那么老还那么美！她用火焰裹着的身体
那历经炉火熔炼的嗓音
明亮，纯粹
就像一朵花生生开到把自己
胀破，一块铁融化至光芒闪烁滔滔奔流

然后她缓缓倒下，世界寂静如水，黯然失色

2017年1月19日　北京

烈士壮年

雪还没有飘下来，他们开始用枯立树
建造童话里那种木刻楞
具体的过程是：以斧头、锯子和刮刀把一棵棵树
制成圆木，而后像搭积木那样搭起来

如此简单粗糙的活，他们进行得小心
翼翼，好像怕弄痛那些树
好像怕它们在死去之后，第二次死去

枯立树也叫枯死树，它们是树中的烈士
剖开来芳香四溢
没有一个虫眼，没有一棵死于暮年

2016年8月　黑龙江黑河

高高的兴安岭

祝贺你一条道走到黑；祝贺你

这山看见那山高

然林海无边，祝贺你被一幢小木屋抱在怀里

被一条沉沉流淌的河流

抱在怀里，而早起的人在河边的

乱石间，捡到了玛瑙

祝贺你终于找到了北；祝贺你

在这片土地的最北方

看见了一朵开成血色的鸡冠花

祝贺你在最北的邮局

给你最想念的人，寄去一片雪花

祝贺你在额头最白，眼睛最蓝的天空下

走到哪里，都遇见三个美人

三个美人两腿修长，秀色可餐

名叫樟子松、落叶松，和白桦

2016年10月　北京

看抚仙湖天亮

睡不着，索性搬一条凳子坐在阳台上
看抚仙湖天亮

我是昨天晚上到来的，来不及辨认
这间房子的外貌、内饰
和阳台的朝向。朋友们潮水般涌来
又潮水般涌去
扔下一桌酒瓶、纸杯、烟头及骨头残渣

我从睡眠的那一头返回
空气中挤满兴奋的乙醚
世界混沌如初，我渐渐听见了水与水簇拥的声音
喋喋的声音，窃窃
私语的声音
高原的这只眼睛就在这个时候缓缓睁开了
那么清澈，那么含情脉脉
那么美

告诉你，我刚刚大病一场
但我庆幸当我休眠
我还能被庞大的事物惊醒

2017年11月13日　抚仙湖

给一座山峰命名

惠特曼说，给万事万物命名
总统不行，诗人
行

想起这句话，我正在陇南宕昌的一条
叫官鹅沟的峡谷里行走
天下着毛毛雨
我裹在黄黄蓝蓝雨衣里的同伴
混迹在黄黄蓝蓝的游客中，渐行渐远

猛一回头，我看见了那座山峰
看见了她在大雾里若隐若现
浮出的额际、鬓角
头钗，和时而挽成云朵时而挽成雾幔的发髻
她高耸的起起伏伏的
胸；她锋芒毕露，站在悬崖上
差不多就要俯冲下来的
身影
我说：神女峰！神女峰！
大家惊奇地看着我，又惊奇地看着
浓浓的，在山顶上翻滚的雾
我说是的，我看见了
神女峰，不是巫山的那座，也不是赣东

我的故乡三清山那座
而是她让我指认的那一座

我和她，我们在十万年前走失
为找到她
我翻山越岭，走过了沧海桑田

2018年9月26日　甘南宕昌归来

窗外拉二胡的

我在屋里子写诗，但并非栖居在诗意中
窗外有个拉二胡的，他一曲
接一曲，在热情洋溢地拉
孜孜不倦地拉，总是把我的思绪带走
我听出来了，他是个业余选手
把一支支好听的歌，拉得荒腔走板
像木匠用钝了的锯子锯木头，又像枯水季节
我们弯下腰，踩着高高低低的岩石
拉纤；还像少男少女系一只塑料桶
在月下割胶——而这些，我都能
听出来，我甚至还能听出他退休了
就像我也退休了，头发和胡子
开始稀稀拉拉地白，影影绰绰地白
因为，他拉的都是我熟悉的歌
我记忆里的歌，比如他拉红太阳照边疆
拉阿佤人民唱新歌，拉我为伟大祖国
站岗，拉我爱五指山，我爱万泉河
拉挑担茶叶上北京……而这些歌，哦这些歌
都刻在我年轮的吃水线上，融化在
我的血液里。说不清为什么
当琴声响起，我的血压会随着起伏的旋律
莫名其妙地升高或降低，我的喉咙里
会马蹄嘚嘚，烟尘滚滚，仿佛

一队野马就要冲出来

是的！我一个上午都在写诗，窗外那个

拉二胡的，一个上午都在拉二胡

我们互相不相识，一个在明里，一个

在暗中。但他江河滔滔，一曲接一曲

在热情洋溢地拉，孜孜不倦地拉

一次次把我的思绪带走，一次次把我

带进风雪里，烈日下，暴雨中

带到野营路上，渴得能喝下一条河

累得人在行走，却能听见彼此在打鼾的

日子。后来，我认识了这个拉二胡的

每当琴声响起，我都打开窗，喊他

锯木头的，拉纤的，或者割胶的

吹号的，喂骡子的，背行军锅的

他都昂起头答应，并且，一脸的灿烂

2019年1月15日　北京南沙滩

臣子恨

在朱仙镇，我脚步轻轻怕踩碎白骨
在朱仙镇，我腹内空空疑咳出夕阳

甚至我忍住饥渴，不敢饮那里的水
府志上说：血可漂橹，战争太咸了

2017年7月　北京

369

核殇：切尔诺贝利

一座城就这样死去了二十五年

死在它怀抱中的街道不动
死在它土里的生命也不动

我深入浅出，就这样看到了它的
一片住宅小区，又一片
住宅小区
它们肃穆，空荡，门可罗雀
像有什么在漆黑如眼窝深陷的窗口
进进出出，但你看不见它
你看见的只是寂静，死一般的
寂静。你看见的只是停摆的钟
落满灰尘的葵花形吊灯
橱柜里排列整齐的碗碟、刀叉、打蛋机
不锈钢锅和勺子，未拆去包装的
莫斯科红肠和奶酪
儿童卧房里的木马、画片、积木、风铃
玩具熊和俄罗斯套叠娃娃
另一个卧房墙上的油画、婚纱照
地板上散落的鸭舌帽、烟缸、唱片
避孕套、眉笔、普希金诗集
一只躺倒的红色靴子

当然是女人的（那么，让我们来猜一猜

当这个女人从靴子里抽出她那只

粉嫩的脚，扑进大床

这时她两只充血的乳房，她吹弹可破的肌肤

该印满多少狂热的吻？爆出

多少细密的汗珠？

当她咻咻喘息，发出母兽般的

低吼，这时警报拉响了

呜呜呜呜——呜呜呜呜——

她就在这凄厉的迫不及待的警报声中

翻身而起，带着满身的吻和汗珠拼命

奔跑，像不像一条斑驳的鱼？）

到处是空的！商场。医院。星级酒店

影视厅。少年宫。职工俱乐部

市政大厅的环形走廊

公园的长椅。十字路口的岗亭

学校。操场。邮局。教堂。物资配送中心

火车站。高压配电站。长途汽车站……

剧院半掩的帷幕，篮球馆耷拉的篮筐

游泳池白瓷墙壁上的涂鸦

崩塌的城雕。干涸的喷水池。寂寞的路灯

游乐场蓬头垢面的碰碰车

广场上被永久遗忘的坦克、消防车

轧路车、大型推土车和铲车

（它们的轮胎都扁了，大片大片的锈

如同大群大群的蚂蚁

正向时间深处、铁的深处移动）

一根水泥电线杆顶端搭着的一个巨大的鸟巢

一朵胆大但孱弱的野菊

钻出地面，在风中摇啊摇，摇啊摇……

噢噢！钢铁、岩石；流水、空气

皮肤、血液；骨头、发丝

健壮男人的精液，妖媚女人的乳汁

还有她们每月到来的潮汐

没有什么不被渗透，没有什么是可以避免的

躲进母亲的子宫，在五年，八年

十年，二十年之后

出生的孩子，你们听清楚了

有一种东西无孔不入，对你们穷追不舍

请撒开两只小脚丫，提前奔跑吧！

科学家们说：失去家园的人们啊

别再怜惜这片土地，别再偷偷地跑回来耕种

你们撒下种子，你们收获谷物和蔬菜

若要食用，请耐心等到两万年之后

2011年4月26日—28日　北京

在国王广场回望伊扎克·拉宾

我必须让三颗子弹缓慢飞行以保持叙述的清晰

虽然此时防弹车的车门已经打开

虽然他与他的座驾

他与站在过街天桥下那个刺客

正呈倒三角形，各自只剩下一点五米的距离

"让太阳升起！"他是踏着祈祷的歌声

向我这边走来的。整个特拉维夫

或者说整个以色列

整个世界，都在这歌声里和人们秉持的烛光中

起伏和荡漾；崇敬的目光像藤蔓般地

爬上了他的鼻梁，他的颅顶

这让他沉醉，真就有一种君临天下的感觉

当然，他也有些困倦，有些疲惫

仿佛内脏早被掏空了，沉沉挪动的两条腿

步步维艰，深陷在山呼海啸之中

但是，他知道，他知道

这是胸膛敞开之后的困倦和疲惫

是刚跑完一个马拉松，紧接着又接受

加冕和赞美的，困倦和疲惫

——胜利的愉悦感油然而生——

他亲密的盟友佩雷斯甚至觉得他文采飞扬的演讲

言犹未尽，好像还少了点什么

但少了点什么呢？少了一个意味深长

的插曲？一些可供未来

活色生香的细节？

因而佩雷斯说：伊扎克，在这个大会上

你不是说有人行刺吗？那么刺客呢？

我真想象不出在这样的人群中

这样的歌声和烛光中，会有人向你开枪……

过程就这么简单。他从容、自信

笑容可掬，在潮水般簇拥的人群

自动分开的小道上

缓步而行。这个七十五岁的叫拉宾的老人

在这个狂热的夜晚，无疑于

亚伯拉罕再世

——他一再说到了苦难这个词

和平这个词。这是他在爆炸的火光中

在仇杀的血泊里，反复擦洗过的两件武器

今天他再次把它们搬出来

把这两个词、两件武器搬出来

融进他的演说。他青筋暴起，踌躇满志

激情飞扬，额头上沁满细密的汗珠

那情景就像竞选中的聂鲁达

在他的祖国智利，在万人空巷的圣地亚哥

大声地朗诵诗歌——

"战争和恐怖使我们伤痕累累，

几万名示威者的喊叫，远不如战死者母亲的

一滴泪，给我带来震撼……"

"让太阳升起！让清晨充满光明！

最圣洁的祈祷也无法使他们复生。

生命之火被熄灭的人，血肉之躯被埋入黄土的人

悲痛的泪水无法将他们唤醒。"

将军。农艺师。诺贝尔和平奖获得者

在加利福尼亚纯净的天空下

钻研过喷灌。之后在戈兰高地，在西奈半岛

迎着血雨腥风，他把手一次次挥起来

坚定而冷酷地挥起来

公认的结论是：他这只手是铁做的

是榴弹和履带的加长部分，是雨季到来时

无数坟堆上疯狂生长的青草

然而，他现在老了，他现在儿孙绕膝

他现在成了这个弹丸小国的总理、衣食父母

未战死者母亲的厚望；成了孩子们昂起头

踮起脚跟，用露珠和奶油的声音

一声声喊他爷爷的人

因此你要相信他的心裂开了，软了

他是真心想洗干净这只手

真心想治理在沙漠中肆虐他这个国家的干旱

真心想带领曾跟随他冲锋陷阵的那支

虎狼之师、虎贲之旅，那些勇敢的
乳臭未干的小伙子，"把刀剑打造成犁铧"
真心想回归他钟情的田野，去种植
小麦、大豆、玉米、胡椒
种植让他的人民骄傲的，用两根手指轻轻
一捏，就能滴出油来的橄榄
或者，打开砂粒中的泉眼，让它们喷洒、喷洒……
给那片狭窄的满是战争灰烬的天空
洗心革面，痛快淋漓地下一场场及时雨

"让太阳升起！让清晨充满光明！
无论什么人，无论是胜利的欢乐
还是光荣的赞歌，都不能使他们从黑暗的深渊中
回到世上，与我们重逢。"

但就在这时，枪声响了！枪声响了
在我现在站立的过街天桥下
在他与他的防弹车
他与隐身的刺客，同样只有一点五米的距离
枪声响了。那刺客藏在这里守株待兔
他沉着冷静，从容不迫，清晰地
数着他走近的步子，又数着枪膛里的
子弹，一次次扣动了扳机
嗖！嗖！嗖！三颗飞出枪膛的子弹就像
三只蝙蝠，三只振翅飞翔的黑蝙蝠

起飞即是降落，而且准确找到了

栖身的洞穴。又像三艘穿越风暴的帆船

拖着三张被风暴撕烂的帆

历尽劫波，终于抵达期望的港口

所有的人都张大了嘴巴，但发不出声音

所有的人，包括他身边的卫士

包括佩雷斯，也包括他

自己，都感到这不过是一个梦，一个

他们曾反复做过又反复被惊醒的梦

而当他下意识地抱紧正在急剧下坠的圆滚滚的肚子

当他的血像他迷恋的喷灌那样

喷出来，再喷出来

就连站在对面的刺客也惊呆了：

他说："不，没事的，你别吓唬我啊

你不会死，这不是真子弹……"

他惊愕地看着站在过街天桥下的那个人

惊愕地看着向他射击的刺客

听见他在喃喃自语

他想问佩雷斯：他在说什么？

但他说不出话来。他感到他正在一片沼泽地里

下沉，下沉；而佩雷斯正在上升，上升

他感到他想拔但却拔不出来的

两条腿，在颤抖，在摇晃，也在融化

犹如阳光照射下的一堆雪

他感到胸腔里翻江倒海，好像跑进去一群顽童

孩子们在那儿攀爬、撕扯、蹦跳、踩踏

把他可怜的肺，可怜的肝

可怜的脾，他亲爱的五脏六腑

掀翻在地，犹如风暴和冰雹打落一片花朵

他甚至看清了那个人，那个刺客

脸上的轮廓：他年轻又漂亮，但在他眼睛里漂浮的

那种惊悸和恐慌，那种地中海独有的

蓝，是这样地熟悉，这样地

令人垂怜。他甚至想往前走几步，再走几步

把他搂在怀里，亲切地叫他一声儿子

啊！啊！在这悲伤的时刻

哀恸的时刻，他甚至感到死亡是一种解脱

一种荣耀，一种他本该得到的

功德圆满的奖赏。他在心里对刺客说：

好小子，你真大胆也真凶狠啊

像我一样老谋深算，一不做二不休

在三颗子弹中，加入了一颗达姆弹……

"所以，请唱一首和平之歌吧，

不要小声地祈求神灵！"

2013年5月1日—5日　北京

378

第八辑
～

去 风 中 听 万 马 奔 腾

●

喀喇昆仑

喀喇昆仑！我把你读作风的雕刀

我知道你是用高处的寒冷

用如同溺水般稀薄的空气，用四季豪情万丈的飘雪

用鸟兽的指爪从不染指的雪的荒凉

和它的六片凌厉的花瓣

这些诸多大自然稀缺的元素

冶炼和铸造的合金，因此你的白天阳光

暴烈，夜晚让万物抱成一团

届时，你想把它们雕成什么就是什么

这就是我们看见的雪山、大坂、莽原

我们在加勒万河两岸看见的岩石

带着从悬崖崩裂的无数个

尖锐的锋面，呈现出莽莽苍苍的一片铁的颜色

仿佛在同一个日子被火烤过，再放在

铁砧上千百遍地锻打过

还有偶尔长出来的树木、青草和苔藓

偶尔在峭壁上跳来跳去的岩羊

唯有鹰反复出现，它们打开阔大的翅膀

在天空翱翔，与我们频频交换目光

当它们逆风展翅，羽毛在天空

擦出一簇簇火花

那是由喀喇昆仑雕刻的意志，带电飞行

不仅仅这些！喀喇昆仑也雕刻我们的灵魂

只要给它时间，它锋利精准的刀法

刮骨疗毒，能痛快淋漓地去掉我们身上臃肿的

钙化的，和腐烂变质的部分

比如恐惧、怯懦、懊悔，比如好高骛远

鼠目寸光和心猿意马

当我们千锤百炼化为喀喇昆仑山上的一棵草

一壁岩石，一块栽在哪里就在哪里

生根发芽的

碑，喀喇昆仑会骄傲地说——

我是碑，你也是碑，现在我们互为镜子

2021年2月22日　北京

十二道门

我注视着这些门。我知道我站在
它的左边，就是它左边那道门
我站在它右边，就是它
右边那道门；我站在它的上下左右
它的东南西北，我就是它上下左右
的门，东南西北的门
我站它的核心位置，它的内部
我就是它的中枢神经
就是它通往四面八方的任何一道门

一座古堡！一座叫十二道门的古堡
默默地矗立在靖西边地的
山冈上，就像我曾经默默地矗立在
我十八岁的哨位上，眼观六路
耳听八方；时间是嵌在它墙壁上的枪眼
和弹洞，它经过烈火焚烧之后
残留下来的无数道裂痕。一座古堡
矗立在那里，你是否想到它应该有
像我一样的大脑和心脏？
像猛兽那样茹毛饮血的一副牙齿？

告诉你我从未来过这里，从未见过
这座古堡，但我惊喜地发现

我认识它！我熟悉它的每条通道和每个射孔

如同我熟悉我的掌纹，我身上的

皮肤和骨头。一座叫十二道门的古堡

矗立在那里，我相信它是天空的

十二颗星宿，大地的十二只眼睛

我相信它是十二把刀子，十二道闪电

十二团比岩石抱得更紧的火焰

如果我喊它一声，我相信

它会用轰轰隆隆的回声，响亮地应答

其实在我的身体里就藏着这样一座古堡

你看不见它。我戎马一生

枕戈待旦一生

我春夏秋冬十二个月兵不卸甲

我就是可以随时关闭或打开的十二道门

2019年5月4日　北京

去风中听万马奔腾

岳父在这个冬天走了。岳父走那天说
在这个冬天之后如果我们想他
就去风中听万马奔腾，他就在这万马奔腾中
骑着他那匹高头大马，在大地上
驰骋；需要特别强调的是
他骑着的那匹高头大马
是白色的！那白马的白，白马的
暴烈与迅疾，白马嘹亮的
嘶鸣，接近一道光，一道瞬间即逝的闪电
岳父就在这万马奔腾中，以光之姿
闪电之姿，驰向黑土地的一座座
白雪的围城，白雪的宫殿
然后从白雪的关外，继续像一道光
一道瞬间即逝的闪电，驰向和平的怀抱

天生的草原之子！这是从前的骑兵连长
最想听到的赞美。你还可以称他为
草原上的风之子
河流之子（简称风流之子）
马缨花与狼毒花之子
驯马驯出来的套马杆之子，骑马骑出来的
罗圈腿之子；一颗一颗用露珠
和泉水，洗净的星光之子
一夜一夜钉在梦幻天空的穹庐之子

紫水晶和蓝宝石之子
但最让他沉醉的，还是共和国之子
当他带领他的兵，他骄傲的
骑兵连，骑着同样雪白的一匹马
嘀嗒嘀嗒，嘀嗒嘀嗒
像阵雨过山，水银
泻地，从世界上最大的那座广场，驰过

岳父选择在这个冬天远足。他选择
窗外的风，刮过来如万马奔腾
这个时辰，从病榻上弹起
迅速披挂整齐（这绝非回光返照
而是一个老兵浪漫的向往）你看他漂得发白的
制服、擦得锃亮的独立和解放
勋章，新编织的马鞭、重烤蓝的马蹄铁
更有白底套色的胸章上清晰可辨的
部队序列、兵种和番号
他说他等待得太久了，他要去追赶他的部队
他的兵；他独自在原野上咻咻
嘶鸣的那匹白马
这时只见他五指并拢，拇指贴于
食指的第二道关节，缓缓地提上帽檐

就是这样。一匹白马在原野上嘶鸣
一个老骑兵的死，是他盛大的节日

2020年3月15日　北京南沙滩

森林覆盖的弹坑

"我们在这里打过仗！"当我们乘坐的车
在边境线我方一侧崭新的公路上
艰难地爬坡；当我看见山冈上笔直的
针插般密集的桉树；蓬蓬勃勃
的松树；密密匝匝，枝叶展开如一排排
子弹样的杉树，我在心里说是的
是的，就是这样，我们在这里打过仗

我想起了那年的情景，想起公路两边的山
曾经光秃秃的，山上的树木屡屡
被战争砍伐，被战火熊熊焚烧
战争也啸叫着，砍伐我们年轻的肢体
有时是我们的手，有时是我们的脚
有时是我们的命！而我们是
为祖国去战斗的，为祖国去冲锋陷阵
我就希望我们的手，我们的脚
甚至我们的命，插在那里
能长出一片森林来；我就希望它们郁郁葱葱
静静地，覆盖那些大大小小的弹坑

我们乘坐的车还在行走，沿着边境线走
我们是去看望边境线上的居民
去看望他们的家，他们的孩子、学校

和田野。山冈上的桉树、松树和杉树
扑面而来。我认出了它们（不知道
它们是否还记得我，是否认出了我）
我认出了它们是漫山遍野的
次生林，这让我惊喜并倍感欣慰

我知道凡是树木都有年轮，都有清晰的
记忆；而边境线上这一片片次生林
它们用自己的存在，用它们的郁郁葱葱
蓬蓬勃勃，告诉人们——
战争已远去
它们的生命与和平生长的时间，一样长

2019年5月2日　靖西归来

一鲸落

它把死留着，就像花朵把绽放留着
鸟儿把歌唱留着；落日把漫天霞光，把一天中
最灿烂最凄美的凋谢
留着

是这样。无数比喻中，我最欣赏落日
它们一个高高在天
一个深深在海
二者可以相互印证，相互衬托和映照

事情的原委是，一头鲸死了，它死在北太平洋
最辽阔最深的海域，死在自己
最庞大的时刻
当死亡来临，它用最后的力气
缓缓沉落，如同燃烧的火炬缓缓熄灭，一架山缓缓倒塌
秋天的一片落叶缓缓飘落，不惊动大海的
一朵浪花

迎接它的是万丈深渊，那儿贫瘠、荒凉、寂静
无边无际的黑暗中，饿殍遍野

之后它开始腐烂，它的肉身和骨骼
开始成为海底的一座城

一片江山和沃野

一片德沃夏克讴歌过的崭新的大陆

我歌颂这伟大的涅槃——鲸落而万物生

2021年11月9日　南沙滩

被火焰燃烧

我们与宇宙之间构成的关系

可以简单地归纳为：我们生活在一个星球上

用另外一个星球

取暖；但我们用来取暖的那颗星球

距离我们，何止十万八千里？

我们生活的这颗星球，在一刻不停地

旋转，但没有人感到头晕

没有人想到我们生活在这颗巨大

而旋转的星球上，当它旋转到悬空那一面

我们生活的城市、乡村；我们居住的房屋

耕作的土地，以及与我们共存的

山脉、河流、海洋

沙漠、田野和庄稼；还有我们这些

卑微的如同蚂蚁般

奔忙的人群，会稀里哗啦地往下掉

没有人想到我们用来取暖的那颗星球

其实是一个巨大的熊熊燃烧的火球

温度高达6000℃

一块钢扔进去瞬间化为云烟

我们用这颗星球取暖，世界上有生命的万事万物

也用这个星球取暖

我们与世界上有生命的万事万物
惺惺相惜，拥有相同的情怀

作为人类，我们其实也是一种燃烧体
我们每个人最终都将把自己
交给火焰
但是，被火燃烧是什么滋味？
没有人说得出来。因为被火燃烧过的人
义无反顾，没有一个活着回来

2021年3月3日　南沙滩

我们与马

我看过的这部电影讲的是两个少女
与一匹马的故事。也可以说
是许多个少女跟许多匹马
的故事。那是个雪天，两个少女乘坐马车进城
走到山口马突然受惊，拖曳着马车
和马车上的两个少女，疯狂地
坠落悬崖。两个少女一死一伤
马也身负重伤，它的一边脸被悬崖恐怖地
劈去，这使活下来的马
不再像一匹马，而像马的幽灵

故事的复杂性在于坠落不是一次完成的
而是无数次；坠落让活下来的
少女和那匹马
如入梦魇，此后必须一再面对那道悬崖

许多人看过这部电影，许多人
在看这部电影时
才发现，自己就是坠落悬崖的
那个幸存的少女，或者是坠落悬崖而被悬崖
劈去半边脸的那匹马

——这种发现让人们暗自心惊：

我们是在什么时候

落入悬崖的？我们的哪边脸像那匹马

被那道悬崖劈去大半边？

那么马是否也懂得这个道理呢？我们

应该怎么去与这匹马沟通和交流？

当我们与马相互

依存，共同承担着巨大的哀伤和盲目

我们与马，将达成怎样的默契与和解？

2020年9月　北京南沙滩

一群孩子在歌唱

像天空的蜂鸣，像大地的心跳
像花朵绽开，像青草吐绿
像喜鹊叽叽喳喳登枝，山泉叮叮咚咚出峡
像露珠落进泥土，星光洒遍屋宇
像大地回暖，檐前滴水
像春风吹暖山河，细雨摇醒万物

是柳绿桃红的声音，梨花带雨的声音
是燕子归来，麦苗返青，稻子分蘖
玉米拔节的声音；是鱼的唼喋声
羊的跪乳声；布谷催春声，蝌蚪上岸声
是苔痕上阶绿，草色入帘青
是影影绰绰明月松间照，潺潺湲湲清泉石上流
是犁地声，扬场声，风入松声
雪打窗声；是山禽声、夜虫声、水碓声
小鸡啄破壳声，霜叶红于二月花声
是走路声，读书声，课堂内外的欢笑声

一群站在鸟巢五环旗下唱歌的孩子
他们是太行山的孩子，滹沱河的孩子
是泥土的孩子，庄稼的孩子
当他们齐声歌唱，世界睁大了眼睛

2022年2月5日 北京南沙滩

在遗忘的陷阱里

书架睁开眼睛在默默地注视我们
这个秘密我是在许多年后
发现的；但许多年后当我发现这个秘密
它已经被另一个秘密掩盖
而此时此刻，我们麻木不仁
成功地被自己遗忘

书架上群贤毕至，这是谁都知道的事
他们正襟危坐，保持着
大师的威严和矜持
等待着某一天走下来与我们交谈
但谁敢轻视大师呢？即使怠慢他们
把他们永远留在书架上
他们也享受着我们的崇拜和敬仰

也有与大师们比肩的事物被我们忽视
它们荣耀地登上书架，却只为讨好我们的欢喜
之后渐渐落满尘埃，渐渐被我们
淡忘。比如我书架上一块陶片
它来自遥远的楼兰；一尊黑黢黢，粗制
滥造，面目模糊不清的武士俑
来自陕西临潼秦始皇陵兵马俑开放区
一颗鹅卵石，它是帕米尔的一颗乳牙

是我从新疆的叶尔羌河捡到的……

我是个经常往外跑的人，每次往外跑
都会以欣赏的目光带回
外面的物件。有一天，我在书架上突然发现
这些物件摆上去之后，我再也没有
动过它们，再没有回想过它们
它们被摆在那里
默默地，有的过了十年
有的过了二十年，有的三十年前跟随我从一间
逼仄的平房，搬进这座高层的三楼

当我们在某一天发现遗忘某件事物
其实自己在遗忘的陷阱里越陷越深

2022年3月3日　南沙滩

396

你认识的这个人

"此生须臾"。你认识的这个人

不再是从前的那个人

他栉风沐雨，十年前戴着十年后的面具

再一个十年他如法炮制，面具

常换常新，人却越用越旧

如今他的额头沟壑纵横，让人想到

他的生命，经历过怎样的暴风骤雨？

但同一张脸，十年前与十年后

哪一张最真实？哪个人是你心中痴痴

守望的那团火？没有谁告诉你答案

唯有你甘苦自知。都说时光如刀

没有谁不被切削和摧残

就像一枚硬币的两面，翻手为云

覆手为雨，全凭抛掷者频频抛起的那只手

任意摆布；唯有面具里的人洞若观火

此刻他白发苍苍

正在成为一个旧址，一座废墟

但我们没有理由不原谅和宽恕自己

安慰我们的是菩萨也会老，也在乎

容颜，他们把脸刻在石头上

石头也便成了他们的面具

百年后你怎么喊得醒他？百年后他们藏在

石头里，一个个心宽体胖

慈眉善目，慢慢长出了铁石心肠

2021年11月6日　南沙滩

忽然想到青草

不要藐视它们的弱小，说它们是一群
乌合之众。不要指责它们柔骨无力
它们坚韧；它们孜孜不倦
足以让时间苍老，让岩石像积雪那样大面积崩溃

草多么辽阔，它们卑贱的生命蓬蓬勃勃
绿遍天涯。当北风猖狂得不可一世
宣称要做这个世界的帝王
青草们一呼百应，用一个世界的春暖花开
一个世界的沸腾和欣欣向荣
掀翻北风的王座，把一个个寒冬踩在脚下

谁收藏了英雄？谁掩埋了坏蛋？
抬头望一眼大地和山冈
那儿青草无限
没有一个人的骨头不被它们抱在怀里

2019年3月17日黎明　北京

一个院士对另一个院士说

至暗时刻，他忽然想到一个比喻
大火中的人们那孤苦的肉身
是一把钥匙；但它多么无辜
它光秃秃的，没有
缺刻样的齿痕。那时候我们都是盲目的
把自己插进锁孔，不管
你愿意不愿意
都有两种可能：哗啦一声
把锁打开，或者
无声无息，孤独地锈死在锁孔里

"救救我！"他告诉他自己就像淹没在
大海里，又像困在一条悠长悠长
没有尽头的巷道中
现在他是他唯一的亮光，他伸手想抓住它
他不置可否。"你还年轻。"
他这样安慰他
其实两个人都知道，他们
都尽力了，他们在命运的两端挣扎

他们都尽力了。仿佛同一个组织的暗号
他们是攀爬得最高的人，直至
月球的背面

下潜得也最深，见识过

马里亚纳的暗流；也曾在显微镜下共同

寻找来历不明的病毒及它们的解药

"救救我！"他感到他开始下沉

他生命的全部即将消融

类似于一颗炸弹

钻入他心脏偏右的位置，爆炸

许多天后。他和他在另一个地方相见

他们相对无言。肺是白肺

或者肺已经不是肺了

他听见他在说话，听见他在独自喃喃

2020年5月23日　金科王府

阿尔茨海默症

跟父亲打电话，说到我供两个弟弟上大学

不知不觉有些口若悬河，有些

忘乎所以。那时父亲的退休金已经支撑不起

父母的基本生存加两个大学生的

读书费用；而我是一名军官

每个月领到工资，第一件事就是去邮局

给两个弟弟寄生活费

那时工资不高，我给两个弟弟寄完钱

就得省吃俭用，军装一年穿到头

烟只敢抽茶花和红梅，开销控制在勉强维持生命

的区间。两个弟弟感念大哥慷慨解囊

每月把汇款附言裁下来，三四年

集成厚厚一叠，说滴水之恩当涌泉相报

在我喋喋不休说着这些的时候

父亲在电话那头千恩万谢，说我助了他一臂之力

帮助他让两个最小的孩子成功跳出农门

这是一件大得不能再大的大事

乡亲们羡慕，嫉妒，赞不

绝口；做父亲的当然铭记在心，但他渐渐老了

恐怕只有下辈子当牛做马还我了

我心里一惊，对父亲说：父亲

我可要批评你了，你的两个最小的儿子

是我两个最小的弟弟，我们一奶同胞啊

我不管他们谁管？毕竟长兄如父……

父亲就在这时哭了出来，不是低声啜泣

也不是哽咽，把哭声羞羞答答地

扼杀在喉咙里，而是哇哇地哭，嗷嗷地哭

汹涌澎湃痛心疾首地哭，就像雪山崩溃

大坝倒塌、天空漏了落下

倾盆大雨，怎么堵也堵不回去

那天如果不是母亲夺下他手中的话筒

骂他，埋怨他越老越糊涂

他会一直哭下去，哭到声音嘶哑眼里无泪

哭到他都不知道自己为什么哭

母亲说父亲真是老了，经常莫名其妙地忘事

莫名其妙地哭和笑，但他清醒的时候总是

念叨他的六个孩子，说他们一个在北京

一个在石家庄，一个在宁波，一个在惠州

两个在老家他身边。他最最

渴望的，是每天听到我们叫他一声爸爸

2020年10月11日　南沙滩

止痛药

牙疼不是牙齿疼，是刚拔过牙的那个
血窟窿疼。百思不得其解的是
牙齿拔了但疼没有被拔走，留在了
突然拔空的那个血窟窿里
是傍晚拔的牙，一个好看的女医生拔的
在一间白屋子里她穿着白大褂
戴着大口罩，露出两只
毛茸茸的好看的眼睛
我是凭着她那两只好看的眼睛猜想她
好看的，因此我还有心情跟她
调情。我说在拔牙之前能否允许我说出我的
悲凉：那两颗牙一定要拔吗？
那是我用了66年的牙啊
它们跟着我走南闯北，嚼碎了多少
粗糙的日子。她没有回答我
没有笑，只是说她要打麻药了
只是说：不疼不疼不疼……
漂亮医生其实就是一剂麻药
或者蒙汗药——这么想着我就真不疼了
但我麻，我的牙床和嘴唇渐渐
失去了知觉。她迅速拔牙
白瓷盘当啷一声，拔下一颗；当啷一声
又拔下一颗。这时她说

牙拔完了，不过麻药过去会很疼

但诊所没有止痛药

自己去药店买吧，"布洛芬缓释胶囊"。

这时天已经黑了，她脱下白大褂

像一阵风那般飘走了。我茫然走出诊所

捂着腮帮子，按她说的自己去药店买药

而写到这里，你会不会觉得我这首诗

太落俗套？有点矫情，有点无病呻吟

不落俗套的是，这是疫期，没有一家药店

给我卖止痛药，也没人怜悯我的疼

我只能忍痛度过这漫漫长夜

他们说没办法，止痛药可以用于退烧

禁止出售，类似战争年代的灯火管制

2021年11月7日　南沙滩

彼此路过

仅仅是路过，我只在这个国家停留五天
每天从德斯莱斯穿过一个口袋公园
去城里的铅笔大厦参加国际图书博览会
德斯莱斯是德国慕尼黑的一个小镇
当我第一天穿过公园进城，便看见两个老人
一对很老很老的夫妇，坐在一张长椅上
背对一棵大树打盹；那棵临近腐朽的大树
老态龙钟，青筋暴起，爬满湿漉漉的
寄生植物，能看出它历尽沧桑，经历过许多往事
比如马克思时代的马车如何轰轰隆隆地
碾过特里尔的石板路、《资本论》的出版
在伦敦引起过怎样的惊讶；1923年11月
当希特勒发起啤酒馆暴动，曾怎样地神采
飞扬，怎样地意气风发；二战结束时
盟军的飞机如何在柏林和科隆狂轰滥炸
等等，等等。两个老人在大树下默默坐着
相对无言，脸上没有任何表情
两只手紧紧地攥在一起，仿佛刚找回来的
一对兄妹，害怕再一次走散。而且他们
早上的时候是这样，晚上我回来时还这样
如同这个国家随处可见的一座座雕像
他们是执着的犹太人还是刻板的日耳曼人？
如果是犹太人，曾怎样挺过惊心动魄的

大屠杀？与我参观过的慕尼黑达豪纳粹集中营
有过怎样的交集？如果是日耳曼人
我猜想老头曾在纳粹服役，但只是普通一兵
历史慷慨地赦免了他的罪恶，让他用
剩下的一生，从罪恶的深渊慢慢地爬出来
我知道这些只能是猜想，在这个陌生国度
我没有理由去打听两个老人的过往
就像他们不会打听我为什么穿过这个公园
我们只是彼此路过，在不可能再次发生的
时间里，如同流星相互短暂地照亮对方

2020年10月9日　南沙滩

古秋风台作为一面墓碑

就应该是这样的一块断碑，一块残碑

就应该是驮碑的鳌，我们也叫它龟趺

都驮不动它了，被它深深地

压进泥土；就应该没有字，那些字早已被风雨

铲平了，像铲平一面高耸的悬崖

因为那是两千年风雨，用两千年的夜以继日

洗刷和抚摸它，呼唤他浴火重生

而他当年那么决绝！这个狗屠的至交

刺客和他面前那把筑的知音

怀里的剑，总在他

酩酊大醉时

拽他的衣角，提醒他锋芒内敛

当一个王国在摇晃，当这个王国的太子待他为座上宾

他说他喜欢那只美人的手，太子

就把美人的手剁下来

送给他；他说他需要将军项上那颗首级

那将军横刀一刎，交待人

把自己的头割下来

赠与他。他就提着将军这颗血淋淋的头

把匕首藏在地图里

逆水而行

把一场祭献演绎得轰轰烈烈

我至今想象不出两千年前那个日子

该是怎样的晦暗和悲壮

那时易水河边白衣胜雪，一个朝廷匍匐在地

而他弹铗高歌——

风萧萧兮易水寒，壮士一去兮不复还……

他真的没有复还，他走失在两千年的风雨中

但他用他的背影告诉后人

壮士歌燕市，男人就应该是国家的一把斧头

2022年2月4日　北京南沙滩

在鹞子峪寻找鹞子

他背靠砖石，在狠狠地抽一支烟

我从鹞子峪城堡穿村而过的

古长城上走下来

看见的是一蓬枯草，一床不知是谁家随手

扔在那儿的破棉被。是他吱吱

燃烧的烟，袅袅升腾的

烟雾，告诉我

这是一个老人，正倚在那儿晒太阳

我向他打听鹞子峪的鹞子，我说大爷

鹞子峪的鹞子是一种什么

鸟？它们的羽毛

是灰色的吗？像鹰？书上说

它们也叫雀鹰，那是指它们个子小

是鹰中的麻雀？书中还说

鹞子凌厉，凶猛

刁钻，神出鬼没，是藏身天空的飞贼

我还说大爷，你们鹞子峪真有鹞子吗？

我站在破旧的古城墙上，眺望

蓝天，望断潮汐般涌来的白云

认出了从头顶飞过的鸽子

喜鹊、乌鸦、会唱歌的黄鹂鸟，还有叽叽

喳喳的山雀，但没有发现

任何一只鹞子的身影

我便问，你们鹞子峪的鹞子到哪里去了

你们鹞子峪的鹞子，是不是一个传说?

他刀劈斧砍的脸，触电般地抽搐了一下

像一块石头那样醒来，像他背靠

那道古长城上的一块砖那样

醒来，那睥睨的一瞥

不屑一顾的一瞥，让我不寒而栗

2019年6月　北京南沙滩

与苗族汉子老B喝酒

我向四十出头的这位六个孩子的父亲

问好；他笑而不答，酒气扑面

怀抱一个硕大的饮料瓶子，给我们

倒酒。用的是喝功夫茶那种小杯子

色泽模糊，像他新房上锁的

位置上，那块水泥砖上的包浆（说污渍

或许更准确一些）。刚进门的时候

我看了一眼他的家：有一台老式

木壳电视机，五六张缺胳膊少腿的

板凳。一根竹竿上晾着短裤、袜子

围兜、尿片。火塘里的火刚熄灭

低矮的饭桌上放着刚吃剩的饭菜

他是一个热心的人，每倒一杯酒都要用

穿在身上那件汗衣擦一擦杯子

他擦一下倒一杯，递给我左边的蓝野

擦一下倒一杯，递给我；再擦一下

倒一杯，递给我右边的驻队干部

但驻队干部说不喝了，不喝了，老B

你不能用酒堵我的嘴，我该批评你

还得批评你，是不是？你把15岁的儿子

放到广东去打工是不对的，是不是？

他还未成年嘛。老B说，是是是

按政府说的，我打电话让我儿子回来

不能让政府受连累。相互推挡中

酒杯从驻队干部的手中掉下来，杯碎了

酒洒了。他迅速换一只杯子，再擦

再倒酒。驻队干部趁机跑出去接电话了

老B把下一杯酒，放在驻队干部原来

面对的桌子上，对我们说，我们不能

凡事靠政府，我六个孩子，政府能给我

盖六栋房子，娶六个儿媳吗？还得

自力更生；还得靠孩子自己出去

打工赚钱。说着举起酒杯说，喝！喝！喝！

我看看蓝野，看看驻队干部刚坐过的

那张空凳子，咕噜一下，把那杯酒干了

2019年4月29日　北京

秘境之瓯

灯光转暗，倾听和回望的时刻来临

抑或逆流而上，让天空回到

高旷的天空；大地回到

辽远的大地

而我们偷天换日，选择在这个夜晚

远离尘嚣，乘一片

月光，重返音乐与词的秘境

也是瓷的秘境，青色的秘境

你听他们在快乐地击打

像比他们更古的人

击缶。他们在击打青瓷里的

碗、盘、盆、杯；青瓷里的瓷钮钟

瓷甬钟、瓷管钟；青瓷里的

编磬、沙锤和梅瓶

接着鼓加入进来，咚咚咚咚

咚咚咚咚，像雨打在屋瓦上

风吹着悬崖上的洞窟，你只有长出两只

羚羊的耳朵，才能听出那是

瓷的堂鼓、立鼓，瓷的土鼓和腰鼓

还有瓷的芦埙，瓷的蟾埙

瓷的乌哨、笙箫，瓷的笛

瓷的奚胡、月琴、古筝

弄瓷人如醉如痴地击啊，敲啊

弹拨啊，如同他们年复

一年，在月下弄影，弄歌，弄潮

秘境中的瓯，就这样鸣啭起来

翱翔起来，在久远的星空下

影影绰绰，且歌且舞

其实瓯也可以读作鸥，读作

排空的一群鸟；在夜幕中闪闪烁烁的一片

星光；一种在时间的长河中

飘忽不定的灯光桨影

也可以读作白云苍狗，读作

那个年代的瓦釜和雷鸣

瓯或鸥在翱翔和鸣啭，犹如百鸟朝凤

生活在那个年代的人，那片土地上

的人，他们聪颖、矜持又勤劳

当他们用泥土和火焰

留住欢颜，呈现在我们眼前的既是废墟

也是绝唱，美得惊心动魄

2020年11月29日　慈溪归来

告诉你大地苍茫

把耳朵贴近大地，倾听它依稀留在水里的
脚步声；或者在夜深人静的时候
屏住呼吸，在我们血液的潮汐中
辨别它一声声
搅动流水，同时也搅动岁月的声音

我们都认识那种原始的叫耒耜的器物
就像认识我们的双手；也认识古老的
大运河两岸的村庄、树木和庄稼
它们在河水的滋养下繁衍生长
是河流的根须和枝叶，一片土地中微量的铁
越往北方走，变得越低矮和倔犟
是因为一步步向季节深处走
它们将承受更猛烈的风，更凛冽的雪

船从不停歇。都知道那是光阴在走
用汗水包浆的一个个日子在走
他们把木桨伸进水里，其实是把手伸进水里
其中有男人的手、女人的手
孩子们像藕节般胖乎乎的抓住什么
什么就是命运的手
在蓝天下我们生死相依，我们患难与共
没有什么能阻挡我们逆流而上

听这桨声你将听出脉搏的声音，心跳的声音

再仔细分辨，那是杜鹃啼血的声音

燕子啄泥的声音，桃花开过梨花开的声音

当腊梅开放，父亲们已准备一头白发

告诉你生活和生命，像大地一样苍茫

2021年1月11日　北京南沙滩

雅溪古村记

竹篱笆打开，依稀是一幅画打开

画里的水墨打开，江山

打开。就像汤显祖的《还魂记》《紫钗记》

《南柯记》和《邯郸记》

把一个个梦打开，让世上的新人和旧人

今人和古人，在这卷画或梦里

走进走出。你必须长出穿越400年

的眼睛，才能认出那些默默织网

的人，默默舞龙，默默下棋

默默扫街和卖布的人；那些星夜值更

赤身打铁，在蒙蒙细雨里

打着油纸伞，穿着绣花鞋

背着牙牙学语的孩子，欢天喜地

回娘家的人，其实都是一些

隐形的人，归去来辞的人

你怎么喊也喊不应的人

往街巷深处走，500年后的风吹着屋檐下

500年前的酒幌，打糍粑的木槌

在石臼里起起落落

此起彼伏；卖擂茶的吆喝说水已煮沸

说书人就要粉墨登场；石钵里炒熟的花生

芝麻、黄豆，和碧绿的刚采摘的新茶

已擂成粉末，只待客官

入座；街中心响起的锣鼓和唢呐声
则告诉你，村里最美那个姑娘
开始招亲了，她抛出的绣球打中了从京城
来的书生，抬嫁妆的队伍排了两三里
那是真正的男才女貌，真正的
一段好姻缘啊！而我认识那个书生
我看见他满面含羞，站在那儿
幸福地战栗
即使是逢场作戏，谁忍心把他喊醒？

唯有那两座高大的雕龙画凤的围屋
仍骨骼清奇地站在
清咸丰和光绪年间，如同满目青山
拒绝入戏。我知道它们就愿意这样作为看客站着
就愿意这样围成一圈，抱成一团
为它们千秋万代的子孙，遮风挡雨

2021年4月18日　全南归来

我们参与的创世纪

世界渐渐转暗又渐渐明亮起来

夕阳像一炉烧红的噼噼啪啪

迸溅着火花的钢水

就将倾倒；一群黑鸟惊叫着从我的视野飞过

我猜想它们是我们长蹼的先人

用巨掌划开流水，在天空游泳

这是个秋日，我正沉入岩石的底部

大地在轰轰隆隆塌陷

露出它暗藏的宫殿、祭台和屋角

像鸟翼般翘起的客栈和庙宇

两边的悬崖肯定是像共工那样的大力士

在太阳下屈起身子，一下一下

用巨斧劈出来的。这半天然

半臆造的天地，足够大也足够险要

适合三流导演异想天开

把草莽改写成英雄，或让妖怪穿上盔甲

跟神仙打架

但时间留在峭壁上的脚印

触目惊心，多猛烈的暴雨都擦它不去

举目望去，头顶的穹顶气象森严

我轻轻咳嗽一声，四处传来法官们的断喝

他们有的喊回避，有的喊肃静

有的怒目圆睁

被判词像鱼刺那样卡住喉咙

我知道即将展开的审判是一场迟到的审判

我们逃无可逃，那些我们已经犯下

和正在犯下的

罪孽，必将被清算，没有谁能赦免

而群峰之上，光辉落幕

骄傲的落日正由红变黑

接下来万物静默如初，一地疼痛的山水

依然是你此时此刻看到的样子

2021年10月9日　北京

在仙女山遇见一匹马

谁会有这样的幸运呢？在仙女山
在一场梦幻般的大雾中
一个属马的人
在山顶辽阔的草原上遇见一匹马

天地无穷，那马正低着头在静静地吃草
在它的身前身后
在远方像水乳般漫开的白雾里
还有无数匹马，它们若隐若现，似有似无
没有人认出
无数匹马，其实是同一匹马

一匹枣红马。它在静静地吃草
我在静静地看着它
它发现我在看它但没有躲我
我注意到了它的眼睛，它的眼睛寂寞又忧伤
它在静静地吃草但更像在嗅那些草
抚摸和安慰那些草
我的眼泪就在这个时候涌出来

我知道我的前辈曾在这里打过仗
有人倒在山上但没有留下
他们的名字

我愿意那场战争刚刚结束，让我跛着一条腿

回来寻找我的坐骑

我知道我未来的日子有多么艰难

我知道我必须借助

这匹马的力量

走遍战场，去填平那些弹坑

让一个寡妇不至于被泪水浸泡她的余生

2021年9月28日　重庆武隆

在月亮岛看月亮

来到月亮岛不能不看月亮岛的月亮

来到月亮岛我是被月亮岛的寂静

和寂静中遍地的月光

惊醒的。在月亮岛，我半夜爬起来看月亮

一时恍惚，不知是月亮走进

我的梦里，还是我走进了月亮的梦里

此时月华皎皎，巨大的湖面波光闪闪

远远近近像铺着耀眼的碎银

整座岛在碎银中漂浮，这让我怀疑月亮岛上的月亮

是月亮岛上的人用珍藏的银子打造的

就像他们用银子打造渔船

打造孩子们的梦，也用银子打造出岛的路

当你把桨伸进水里

听得见哗啦哗啦，搅动银子的声音

在月亮岛看月亮，如果你偶尔低头

将看见水里也有一颗月亮

当然这不稀奇，稀奇的是你看见水里的这颗月亮

它摇头摆尾，就像月亮岛上的人

养在水缸里的一条鱼

一条会发光的鱼，会唱歌的鱼

他们用什么喂这条鱼呢？

我发现他们用三月的苇草，用莲藕来不及

打开的嫩叶，用颗粒饱满的芡实

把这条鱼喂得白白胖胖的

游不动了，每天只在淀里游个来回

淀叫白洋淀，就是古人叫它祖泽那个

就是永定河、滹沱河，还有瀑河

唐河、漕河、潴龙河

日日夜夜流啊流啊，流了几千午几万年

总也蓄不满那个。当淀里的水

慢慢，慢慢，把村庄围成孤岛

岛上的人胆大妄为，他们把路过的月亮

截下来养在水里，做他们的宠物

2022年2月4日　北京南沙滩

老兵乘夜色返乡

老兵是我。我选择在夜色中返乡
奥秘在于我确实老了
想到了落叶归根。而我未老时，必须未雨绸缪
必须冲锋陷阵，必须完成对一个个高地的
攀登、占领和坚守
当我载誉归来，我必须想到
在某所房子的某扇窗口，应该有一个人
在等我，脸上有着白雪的光泽

老兵在夜色中返乡，中间隔着
一个孩子也将成为老兵的
一段路程。我如此返回四十年前离开的故乡
是让一个白发苍苍的人返回
满头青丝，让一口南腔北调
返回我熟悉的乡音
我在夜色中返乡，终究还想看看
四十年日出日落，我要
返回的故乡，是否还是从前的故乡

我在夜色中返乡，踩着熟悉的路
往回走，远山的天际线还像从前那样起伏
村里的狗吠依旧高一声
低一声；乡亲们还在田野里劳作

还像当年那样犁田的犁田，插秧的插秧
把裤腿挽上大腿根，却看不清
他们的脸；而看不清他们的脸
那一张张脸，就还是四十年前的样子
年轻，黝黑，挂着豆大的汗珠
我喊一个名字，所有的名字都会围过来
抽我散给他们的烟；不抽的
接过来嗅一嗅，夹在耳朵上

在夜色中返乡，那些陆续躺在山上的人
都回到了田野
而我们减去四十年，再一次在人间重逢

2021年11月14日　南沙滩

红 雪

打铁的，铁打的

写下他的名字，我就听见密集的枪声

凄厉的厮杀声和喊叫声

从远方传来，像憋急了的一股尿

越迫越近，越迫越近，怎么也

堵不回去。街坊们惊惶四起，纷纷关门闭户

扶老携幼地往山里逃，往乡下的

穷亲戚家逃。唯有他依然在打铁

依然围着那条被无数飞溅的火星

烧出无数个洞的皮围裙

赤裸着胳膊和脊背，在那条由鹅卵石

铺成，每当下雨天都将被雨水

洗得闪闪发亮的老街上

锤起锤落，叮叮当当地打铁

一颗慌不择路的子弹砰地撞进门来

吭当一声，跌落在他的脚下

他弯腰拾起这粒弹丸，这一小块发烫的会飞的铁

突然知道手中的这把锤子

铁砧上的下一块铁

应该怎么打，应该打成什么模样了

我不明白的是，这个身高一米八几的打铁的

这个被手枪、步枪、狙击枪和射击时

如同腹泻般的马克西姆机关枪

当然还有许多年后，被美国人动不动就

一突噜一突噜，疯狂扫射的汤姆冲锋枪

从各个方向，在漫长而昏暗的时间深处

移动着，反复瞄准的目标

当年他打铁，当年他在尿频尿急般的

枪声中，如此镇定，如此

门户大开，难道就是为了等待这颗子弹

对他的造访？而且他门神般地长着两颗巨大的门牙

你说冥冥中，它们是不是知道

在未来的道路上，将有许许多多的苦难

许许多多的仇恨，还有

无边无际的疼痛，需要他去狠狠地啃啮

需要他狠狠地去咀嚼和吞咽？

而战争是一枚多么生硬的坚果！

如果你要把它磕开，你要咔嚓一声

再咔嚓一声，把它们一枚一枚

咬碎，到底要长出一口黄金般的稀缺之牙？

还是钢铁般的锋利之牙？

抑或岩石般的亘古之牙？

虽然我不知道他那两颗大门牙

到底是由什么组成的

但我知道它们决非两颗平庸之牙

凡俗之牙。我还知道他就是铁打的

就是铜铸的，他一路遇上的坚果

都被他咔嚓、咔嚓咬碎了

是这样！七十年前他参加过开国大典

跻身威名赫赫的战将行列

墙上张贴的那些文字向人们介绍说

在历史的天空下

他冲锋，他呐喊，他九死一生

所有的子弹遇上他

都哆嗦，都战栗，都突然改变了方向

另一片天空

另一片天空是一片与我们接壤的天空

另一片天空苍茫、陡峭，突然间

云波诡谲，危机四伏

布满荆棘和火焰，一切必须重新审视

"一切"包括他的部队，他敬仰的统帅

他的战争谋略和战争手段

他那些说话时总是哩哩啦啦掉落

北方和南方渣土的

士兵，以及那些士兵们手里握着的

曾经破破烂烂，但经过修修

补补，如今依然在使用的步枪和冲锋枪

还有他们的履历，他们长年挑担和扶犁

留在肩膀和手掌上的茧疤

他们卑贱的如同鸡鸭用磨碎石粒和沙子

磨出来的胃；他们耐饥、耐寒、耐渴

耐狂风暴雨和天崩地裂的

能力。接着呈现的事实是，他们此后的生存和战斗

既风雪弥漫又水深火热，每一天

都要穿越十八层地狱

他撒出去的每一个兵，都必须是一个堡垒

一道战壕，一座岿然不动的高地

突然成为对手的那些人，他们金发碧眼

武装到牙齿，比我们任何时期的对手

都强大、豪横和不可一世

仿佛天空和大地都是他们的，天空和大地间的高山

和海洋、阳光和空气，都被他们跑马圈地

占为己有。谁触碰山顶上的一粒雪

青草上的一颗露珠，他们的士兵

就会头戴钢盔，脚蹬翻毛皮靴，身上披挂着

眼花缭乱的胸章和利器

乘坐飞机、坦克、军舰，气势汹汹地

从天上来，从海上来

或者拖着大炮，坐着重型卡车

嘴里吊儿郎当地嚼着口香糖

从陆地上大摇大摆地来。那种耀武扬威的样子

如同蝗虫过境，龙卷风拔地而起

洪水和山火攻城略地

呈现出杀气腾腾的踩踏和横扫之姿

我们唯一的选择是穿越狂风暴雨，勇敢地

迎上去，把旗帜插向高地

在一次次搏杀中

用血肉护卫它，浸染它，让它像火一样燃烧

横刀立马

一座废弃的金矿，脚下横亘锈迹斑斑的

两根铁轨；陡峭的岩壁黑黢黢的

分明经过烟熏火燎；洞顶窄窄的一道漏出天空的

缝隙，是矿工们用钢钎和狭小的锄头

顺着矿脉，像掏耳朵那样掏出来的

我们的大本营就设在这个叫大榆洞的矿洞里

别无选择！我们头顶的天空是一个

比大地还空洞辽阔的

大窟窿，他们的飞机随时呼啸而来

随后像排泄那般泻下无数颗炸弹，让大地颤抖

崩溃，如同多米诺骨牌般轰隆隆坍塌

这是我们的司令部，我们指挥千军万马的

最后一道战壕，最后一座堡垒

坐在帅位上的那个人

耿直，忠诚，坦荡，言谈时惜字如金

额头凝固几十年的风暴和硝烟

但从不低头，要他低头你除非能让一座山低头

几天后这个矿洞暴露在世界面前

几天后一个世界的人才知道，什么叫

山崩地裂，什么叫排山倒海

而他作为统帅，作为这支军队的最高指挥员

几天后终于在烈火中，在淋漓的鲜血中

在他一生都无法平复的懊悔中

弄明白，真正的悲恸是一座大海

它如此宽广和辽阔，如此

无边无际，如此地空，让你永远填不满它

而现在这个身经百战的人，这个

在几十年的南征北战中

横刀立马的人，在这个矿洞里焚膏继晷

运筹帷幄，两只红得仿佛要滴血的眼睛

一遍遍审视沙盘上的山脉与河流

好像要走遍所有的道路

数清楚大地上的每个城镇，每棵树木

只有听得见他呼吸的人，才能看见他眼里的火焰

闻到从他身上散发出来的

呛人的烟味，并意识这个一生都在

横刀立马的人，此时此刻再次

立在马上，把他的刀像闪电那样横了过来

风一样前进和后退

无端的一阵战栗，让坐在吉普车里的将军

蓦然感到他身体的某个部位

被一股凶猛而隐蔽的力

哗的撕开一个口子。旷野中像刀子一样冰凉的风

正呼呼地往他的胸腔里灌；他的五脏六腑

就在这时抱紧了

脊背上的冷汗倏地曝了出来

他听见汗珠在簌簌流淌，在滴滴答答跌落

美军第八集团军司令官立刻叫停了车

回头对身后的霍治将军说：

嗨伙计，你不觉得有那么点异常吗？

第八集团军参谋长惊奇地望着他叫沃克的上司

他说异常？我没觉得有什么异常啊

将军！我们正高歌猛进，我们

离鸭绿江只剩下一天的路程了

然后他指着雪亮的车灯照亮的积雪说

你看中共士兵踩下的脚印

有多么地凌乱，可见他们有多么地惊慌失措

我们的战车就要碾上他们的脚后跟了

沃克将军那种不祥的预感是在黄昏时降临的

那时他的第八集团军浩浩荡荡的

钢铁战阵，由东线韩八师和西线韩七师左右护卫着

如同一把磨得雪亮的利剑

长驱直入，从平壤

一直插向鸭绿江

"哦，开始即结束。"他听见圣诞的脚步声

越来越近，同时听见由他指挥的那部恢宏的

正用黄铜号角演奏的战争交响曲

从序曲迅速滑过呈示部

直接进入它辉煌的尾声。他甚至有些扫兴

为他没有遇到势均力敌的对手

感到遗憾

步话机里突然传来消息说

这边他指挥着美军主力在中路大踏步前进

那边中共的军队雷霆出击，迅速包围了作为他右翼的德川

在西线护卫他的韩七军，在一夜间

土崩瓦解

天空响起一声炸雷，沃克将军顿时愣住了

如同被冻僵了那般愣在那里

难怪刚刚感到一阵彻骨的寒冷，身体好像被撕开一道口子

原来西线已经无遮无拦，一把犀利的

达摩克利斯剑，寒光

闪闪，正高悬在他和他这支部队的头上！

沃克将军迅速下达停止追击和后撤命令

当危险逼近，形势晦暗不明之时

战争给予他最高的智慧

是当机立断，必须像老鹰那样展开两扇阔大的翅膀

保护自己的部属。他隐隐约约感到中国军队

是一支贫穷的军队，但也是一支

多谋善变的军队

他们吃苦耐劳，善于短促突击，分割包围

近战夜战，集中优势兵力打歼灭战

当他们走向战场，神出

鬼没，没有谁知道他们能创造什么奇迹

像风一样行动诡秘的沃克，就这样

像风一样命令他的部队

快速撤退。他对自己说，同一个陌生的敌人作战

不管它多么强大或弱小，你都要

学习哈姆雷特

先问问自己：是生存，还是毁灭？

一夜狂奔

目标三所里和龙源里。他们在拼命地跑

疯狂地跑！他们争先恐后，你追

我赶，十万火急，上气不接下气地往同一个方向

在同一条道路上奔命。嘈杂急促的脚步声

像阵雨过山，像大河奔腾

像大漠上的野马群轰轰烈烈移动一片陆地

一座山冈。这时天黑了，黑得像一口

倒扣过来的锅，伸手不见五指

让我们怎么也看不清他们眼睛里的焦虑

他们在奔跑中被痛苦扭曲

的脸；看不见溪水一样哗哗流淌的汗

如何浸透他们的衣裤；看不见有人的鞋

跑丢了，坚持光着一只脚

或者两只脚跑；看不见有人扑通一声跌倒了

摔得头破血流，爬起来继续往前奔

边跑边把从额头上和眼睑上

流下来的血，用舌头舔净并吸进嘴里

有人跑着跑着，一口气上不来

跑晕过去了，但晕过去仍往前爬，往三所里爬

是一个整编师在跑，一个整编师齐装满员的

千军万马在跑。他们中有步兵炮兵工兵

通讯兵测绘兵卫生兵勤务兵

勤务兵又分枪械员通讯员卫生员理发员炊事员

是一个团接着一个团，一个营接着一个营

一个连接着一个连，一个排接着一个排

一个班接着一个班在跑！在跑！

在跑！而且负重蹒跚

比如步兵扛着枪和子弹；炮兵扛着炮架

炮筒和炮弹；通讯兵扛着

电话机和电话线；师医院的医务兵，他们中有医生

和护士，男兵和女兵，各自背着

急救包和药箱，扛着担架；参谋和干事们

跟在师长和团长身后，背着

帐篷、作战地图、望远镜等等随时

能支起的战地指挥所，在跑！在拼命地跑……

是一条河流在跑，一道防风林带在跑
一座逶迤起伏的山冈在跑；也是一支军队
一个国家和民族，在跑！在跑！在跑！

天太黑了，是墨越磨越浓的那种黑
是天地一片浑沌那种黑
奔跑的人
两眼茫茫，他们从未见过这里的山脉和森林
河流和村庄，只能借助前面的背影
借助雪地微弱的反光
朝一个方向跑；只能在奔跑中传达命令
清点和收拢人数；在奔跑中
吃饭、喝水；在奔跑中
万般无奈身不由己地打一个盹
常常是上一脚
踩进梦里，下一脚必须从梦里迅速拔出来
否则就会掉队，就会落入
万劫不复的深渊
天越跑越黑，如同一池的墨已经磨得
必须漫天泼洒了，否则它就会
凝固；而你只能往浓浓的墨汁里跑
往从未见过天日的黑里跑
或成为一个黑色木楔

把自己打入黑中，成为黑中之黑

跑啊，跑啊！一刻都不能耽误！一分一秒都
不能耽误。必须像呼呼刮过的风那样跑
像一闪即逝的雷电那样跑
必须让藏在身体里的
那头暴烈的，凶猛的，从未露过面的
野兽，呼啸着冲出来，像一道光跑到身体前面去
必须用两条苦命的总是在跋涉的腿
在一夜之间，跑过他们的汽车、坦克车和装甲车
必须在天亮之前，完成对三所里
和龙源里的，抢夺和占领
必须截断他们的退路，死死拖住他们
跟他们拼命，展开气吞山河的生死大搏斗！

三所里

如果你不是铁石心肠；如果你未曾见识过
血流成河，尸横遍野；未曾见识过
在一场恶战后，山冈上
如何烈火熊熊，黑烟滚滚；未曾目睹
你左边的班长，右边同一列火车
运来的新兵，那一张张你熟悉但连名字都会叫错的
面孔，突然都离开了你，突然在一次次
爆炸中血肉横飞，化作一团团
血肉模糊的泥土；或者
像一群惊叫的鸟，哗哗地飞走了

你是否敢面对这个叫三所里的地方，在此时
此刻，呈现在眼前的惨烈和悲壮？

铺天盖地！山冈上纷纷扬扬地下过一场雪
但这场雪是红的
是血迹斑斑的那种红，艳若桃花的那种红

忠心耿耿，刚刚以奔跑占领阵地的师长
用沾满血的着火的喉咙
向大榆洞，向他的统帅兴奋地报告——

"01！01！您听得见吗？我是江潮
现在我在三所里向你报告：我们提前五分钟到达目的地
现在我们已经把路堵了
啊啊，一辆辆战车，一眼望不到头……"

江潮师长后面的那句话，让他心动也让他心颤
因为他从电台嘈嘈杂杂的背景音里
听到了巨大的呼啸声和爆炸声
听到了噼噼啪啪，像雷阵雨般剧烈的机枪扫射声

他的眼泪这时像涌泉那样涌出来
不用说一句多余的话，一个
多余的字，他就知道这是一场多么悬殊和惨烈的
恶战：这边我们一夫当关

那边他们三军夺隘。巨大的呼啸声和爆炸声

是美国人在做最后一搏，把他们的钢铁全部砸过来了

只求砸开眼前这道关，哪怕它是一座山

一把锁，也要把它砸扁砸烂

而我们的人，我们那些经历一夜奔袭的官兵

他们别无选择，只能在钢铁的火焰中

侧身而行。都知道战争这样打下去

只要我们还有活着的人，就是挡在他们面前的那座山

就是山的铜墙铁壁。虽然这座山的高度

将被不断改写，不断断裂和垮塌

想到这些，这个打铁出身的人，就像一尊铁塑

站在那里；他眼里流出的泪

看上去是一个面无表情的铁人在流泪

最终，这个守了整整一夜的人

对他的师长他的部队，只有简简单单的一句话：

"兄弟们，你们给我狠狠地打！狠狠地打！

现在你们就是两枚钢钉，钉在

三所里和龙源里，决不能让一只鸟，一只苍蝇或者蚊子

从阵地上飞过！"

士兵与坦克

回到七十年前的东北亚，回到当年的战场

想想一个中国士兵与一辆咆哮的美国坦克

二者构成的历史冲突

该是怎样地突兀，怎样地耐人寻味——

龙源里。三所里之后争夺的第二道关卡

开辟的第二战场

这里同样是一道咽喉，同样是两强相遇

针锋相对：一个绝命地守，一个

玩命地攻。同样的天崩地裂，排山倒海

高地在摇晃，在轰轰隆隆塌陷

这时道路上出现了一辆坦克，一辆疯了一样的

坦克，它横冲直撞，时而前进，时而

后退，拖着一股浓浓的黑烟

咣当咣当，往熊熊燃烧的一堆坦克里撞

再仔细看，像要降服一只老虎

一头咆哮的狮子，他要按住这个庞然大物

同它掰手腕，拼命，一决高低

哦哦！坦克上趴着一个人！一个中国士兵

（他何时爬上去的？怎么爬上去的？）

而坦克里的人，那些操纵坦克的

美国兵，显然发现了这个胆大的不要命的

中国人，他们想甩掉他，逼他跳车

或者在剧烈碰撞中

把他撞死，撞飞，撞成一团肉酱

但坦克里的美国兵马上迷惑了，震惊了

紧接着又绝望了，黔驴技穷了

因为他们用尽办法，怎么也甩不掉这个中国士兵

他身轻如燕，一会儿像皮肤贴在车前的

钢铁挡板上，一会儿像敛翅的蝙蝠

在360度旋转着的炮管上

倒挂金钟；一会儿又站了起来，向前方射击

如同钢铁的庞然大物突然打开一扇

飞翔的翅膀；一个骁勇的骑手

跨着一匹暴烈的，疯狂的

又踢又咬，暂时还没有被他驯服的野马

我们的士兵感到无比懊恼，他觉得美国坦克手

在戏弄他，挑逗他，故意给他玩

猫捉老鼠的游戏。听着子弹

在耳边嗖嗖地飞，他没有耐心跟他们玩了

他提起枪，用枪托一下一下，狠狠地砸坦克的炮塔

他和他那些活着和牺牲了的战友

恨透了美国佬的这些坦克

这些铁疙瘩，它们庞大，坚硬，仗势欺人

跑起来把我们远远甩在身后

而且火力强劲，凶狠，一辆坦克就是一座

移动的堡垒。他们戏称这些坦克

这些长着几十条腿，跑得比我们快十几倍的铁疙瘩

为乌龟壳，称坦克的炮塔为王八盖

他们想这王八盖长在坦克的最上层

相当于人的头部、大脑

指挥机关；砸碎这王八盖，就应该把这辆坦克

砸懵砸晕，砸得它天旋地转，眼冒金星

可他哐哐哐哐，哐哐哐哐！把枪托

都砸裂了，虎口震开一个大口子

流出一手黏黏的血，那王八盖却纹丝不动

那辆坦克依然在咆哮，在疯狂奔跑

他像坦克里的美国人一样

愤怒了，绝望了，也无计可施了

但就在这时，坦克的大王八盖上那个小王八盖

忽然悄悄地小心翼翼地被顶了起来

露出一个古怪的脑袋，一双蓝得可怖的眼睛

他马上明白了什么，马上一屁股

坐上去，像熊一样用自己的体重把它压住

死死压住。接下来他知道干什么了

接下来，他从弹袋里掏出一颗手榴弹，再掏出一颗

又掏出一颗，一共三颗

然后咬开缠在手掌上的绷带，把三颗手榴弹

紧紧绑在一起，再掀开王八盖

把拉了弦的手榴弹

像在故乡的水潭里炸鱼那样，扔了进去……

后来我们知道，这个中国士兵叫徐汉民

——多么中国的一个名字

多么像我们的土地上生长的一棵庄稼

或者像活在我们古老典籍上的

一个成语，一个有着横竖撇捺的繁体字

松骨峰

必须写松骨峰！必须写中国军队和联合国军

反复争夺松骨峰的这场恶战；必须写

志愿军为守住松骨峰

如何前赴后继，如何惊天地，泣鬼神

最后战至七个人。是的，一个叫魏巍的部队作家

曾经写过它；我们在课本上曾经

读到过：而且那篇课文

在我们的课本上，整整被诵读了六十年

松骨峰所以叫松骨峰，是因为它早早预见到

许多年又许多年后

将在这里打一场天地颠倒日月无光的

攻防战吗？是因为它认为将在这里战斗，牺牲

流尽最后一滴鲜血的

中国军人，无愧为松的气节，松的风骨吗？

松骨峰耸立在龙源里、军隅里和凤鸣里之间

是一座既不算高也不算险的山头

长着苍劲的枝干如铜浇铁铸

的几棵松树，经过美军飞机和重炮的反复轰击

呈现在世人面前的，是一座岩石

和泥土的废墟。现在松骨峰看不见松树了

海拔高度反复被炮火改写

阵地也不像阵地，像春天翻耕过的田野

泥土里散落无数锋利

灼烫，突然长出大大小小牙齿的弹片

一个连剩下的七个人，是在阵地失而复得后

从血泊中站起来，与阵地共存亡的

七个壮士，七座雕像，七棵

无坚不摧的劲松

在三所里和龙源里下过的那场雪

也下在松骨峰。此时，细细的雪沫在缓缓地飘

大地死一般静，层层叠叠的战死者

呈各种姿势倒卧在焦土上

慢慢地被雪覆盖

仔细辨认，他们中有不屈不挠的中国士兵

也有勇敢战斗过的联合国军

他们黄头发，蓝眼睛

分不清是哪国人，来自北美洲还是欧洲

但在大雪覆盖下，他们孩子气地

躺在那里或者趴在那里

有的头不见了，有的断了一条腿或胳膊

身体的断裂处血还在滴滴答答

像屋檐滴水，一滴一滴缓慢地滴

同时也在缓慢凝固

然后在白雪的映照下，如血残阳的映照下

亮晶晶地闪耀

宛若一颗颗品质高贵的钻石

我们至今还能背诵那篇课文，背诵

作家来自身临其境的倾诉："战后

这个连的阵地上，枪支完全摔碎了

机枪零件扔得满山都是。烈士们的遗体，保留着

各种各样的姿势，有抱住敌人腰的

有抱住敌人头的，有掐住敌人脖子把敌人

摁倒在地上的，和敌人倒在一起

烧在一起。有一个战士，他手里

还握着一个手榴弹，弹体上沾满脑浆

和他死在一起的美国鬼子，脑浆迸裂，涂了一地

另一个战士，嘴里还衔着敌人的

半块耳朵。在掩埋烈士遗体

的时候，由于他们两手扣着，把敌人抱得

那样紧，分都分不开

以致把有些人的手指都掰断了……"

无法越过松骨峰，意味着从三所里和龙源里

往南撤退的美军

功亏一篑；几个月后死于车祸的第八集团军司令官沃克将军

后来哀叹："除非上帝亲自戴着钢盔来参战

否则我只能后撤……"

落　　日

三天两夜的战斗，在一个黄昏进入尾声

纯粹的一个血色黄昏啊

它足以让我们活下来的任何一个指挥员，任何一个士兵

把那个黄昏的经历，用记忆的刻刀

像刻碑一样，一刀刀刻在心里

在这个黄昏，从各个方向围歼美军的中国军队

开始了最后攻击。此时落日辉煌

在军隅里、风鸣里

和龙源里之间，溃败的美军被切成一小股

一小股，受到声势浩大的中国士兵的追杀

企图解救同胞的美军飞机飞得很低

四处逃命的美国士兵

拼命向天空摇着白毛巾，对着天空呜里哇啦地呼喊

希望飞机能扔下一挂梯子来

让他们爬上去，逃离这地狱

而曾经饱受美军飞机轰炸的中国士兵

知道这一切是徒劳的，他们有些幸灾乐祸

也像美军那样举起白毛巾

认真地摇起来

美军飞行员看见这个场面，心惊胆战

知道他们的败局不可能挽回了

只能拍拍翅膀，扔下他们飞走，心里说完了完了

——此时，夜幕降临了

2021年1月7日—24日　北京南沙滩初稿

2022年6月5日—7日　北京南沙滩第四稿

大跳台

飘带，或者高跟鞋

那么高！比20层楼还高。站上去
都看得见远方蓝天下的燕山了
都看得见燕山顶上逶迤起伏的长城了
如果你的视力足够好，向东眺望
还看得见天安门屋顶上的黄色琉璃瓦
长安街的滚滚车流和景山上的白塔
还有璀璨华丽的国家大剧院
仍然像一枚巨蛋卧在那里
明天，它将孵出一条龙，还是一只天鹅？

我说的是那座跳台，那座滑雪大跳台
它突然立在那里，立在那个
曾经烟雾腾腾的地方
像一个崭新的传说。其实它就是一个传说
你知道敦煌莫高窟壁画里的飞天吗？
知道环绕飞天几乎赤裸胴体的
那条飞扬的飘带吗？它就是钢铁时代对这条飘带的
模仿、复制和推陈出新
这么说，当这条飘带从高处垂下来
你就能想象它的飘逸，它如梦如歌构成的意象
有多么地美，多么让人浮想联翩

但有人反对，说那是穿凿附会

我们看见的是一只高跟鞋

一只高贵，优雅，现代意味强烈的女人高跟鞋

你只消具备一个孩子的判断力

只消远远地看它一眼

就能感觉到一个女人踩着这只高跟鞋

向你走来

一路发出"喀喀"的声音

我想提醒一句：它坡道高64米，坡长164米

你见过世界上哪个女人长着

这样大的一只脚？

18岁的跳台

向往已久的时刻来临，她说她准备好了

她笑容满面，戴着轻盈的蓝头盔

踩着鲜艳的滑雪板

站上跳台。这时人们看见她还是一个孩子

一个18岁的孩子，冰雪聪明

眼睛蓝得没有一丝杂质

她说她来了！她18岁代表国家站上这座跳台

这座跳台就是国家的一座

18岁的跳台，青春儿女的跳台

跳台下的人们屏声敛气，提心吊胆

跳台那么高，那么寒冷的风像刀子那般飕飕地

吹过来，把跳台两边的旗帜

吹得啪啪响

站在跳台上的女孩，脚下白云缭绕

你18岁的翅膀，经得起寒风如此拍打吗？

后来我们才知道，18岁的女孩是邻家的女孩

在我们的胡同里踢过球，吃过冰糖葫芦

去中关村黄庄补过奥数

18岁的女孩也是为这个世界量身定做的女孩

她带着海绵出生，梦想吸收世界上的

每一滴水。她说她准备好了

是准备好了向这个世界挑战，向自己的身体与灵魂挑战

我们突然发现她带着一座金矿出生

她夙兴夜寐，宣告要把身体里的金子挖出来

就像此时此刻，站上自由式滑雪大跳台

她跳过了1440

跳过了1080，现在要向更高更强更难

而且从来没有人跳过的1620，发起冲击

妈　妈

是习惯，是信赖，还是隐隐到来的恐惧？

或者需要某种心理暗示

当她再次站上跳台，忽然决定给妈妈打个电话

据说她这时既想听到妈妈的声音

又想告诉妈妈，她将
奋力一搏！要跳所有人从未跳过的难度系数

妈妈是她眷恋的妈妈，是给她生命的人
妈妈同时是她的导师、教练
厨娘、医生、人生设计师和顾问
一条无比宽阔的河流，妈妈还是那个用一艘轮渡
反复把她送向两岸的人
妈妈更是她的故乡，她灵魂里的祖国
包括妈妈的妈妈，她们的肚子
和身体里的血，像蜗牛背上背着的那所房子
那个任何时候，走到世界任何一个地方
都能给她温暖的家
时刻喂她母语、人类的思想和精华
仿佛绿叶对根的情思
她觉得她的成长，就是来报答这个世界的

或许真有那么点恐惧，但她不会对妈妈说
她只想听见妈妈的声音，或者让妈妈
也听听自己的声音
她愿用这种方式告诉妈妈，她要去飞翔
去做一件没有任何人做过的事
也可能是告别，她不能保证这惊天一跳
不会把自己打碎
因为自己也是妈妈的女儿，妈妈的寄托呀

这些妈妈懂。妈妈当然懂，完全懂

妈妈也是她血液里的妈妈啊

妈妈知道18岁的女儿，在她小小的

脑瓜里，已经装着怎样的恐惧和怎样的智慧

因为她说过，她正与恐惧并存

与恐惧共处和同行，在18年生命的过去10年中

她跟恐惧这东西谈着一场动荡的恋爱

像所有其他令人着迷的情人一样

她承认，这个恋人可以说是

……难以捉摸。她还说，不管多久

说到恐惧，她都是一个无可救药的浪漫主义者

妈妈说，你18岁了，你自己作决定吧

她知道妈妈会说这句话

她只需要妈妈说这句话

她说懂了妈妈，女儿准备好了，女儿出发

去高处盛开

如果不是谁咬文嚼字，你们不觉得跳台

抑或大跳台，有那么点名不符实吗？

因为跳台不是跳跃的地方

而是滑行的地方；只是这种滑行是从陡峭的高处

往下滑，或者把自己扔下去

像大坝在汛期开闸放水

像飞在空中的鹰看见一条蛇或一只兔子

凌厉地俯冲下来

然后在鞍部借助下滑的力触底反弹

就像歼-15从"辽宁号"翘起的舰艏，一飞冲天

现在她就是这样的一架战机，一架歼-15

现在她已经借助滑雪板

像大坝上的激流，像凌空翱翔的鹰

把她的身体，把一个人的血肉之躯

一个18岁姑娘的美好年华

送上高处

接下来必须翻腾，必须向左一圈一圈旋转

必须俯身抓板，必须轻盈、优美

沉稳……就像节日放焰火

在漆黑的夜里，我们兴奋地点燃它

仰望它，让它呼啸着冲向高处

然后在"轰隆轰隆"的雷声中，把自己炸开

把最美最灿烂的礼花，献给天空

正是这样。她感到自己疾如闪电

如同一片波涛那样被抛了起来

在那一瞬间她命令自己

向左偏转、双周偏轴转体1620度加俯身抓板

并且是先抓左板，后抓右板

让身体像一朵花那样打开，再打开

绽放，再绽放（我猜测她希望自己绽开的这朵花

是圣洁的白玉兰、高贵的玫瑰

或者雍容华贵国色天香的牡丹）

有如应声而答，当她命令自己像花朵那样

绽放，她优雅的身体，冰雪

晶莹的身体，果然就盛开了，一切

是那么地眼花缭乱，那么地水到渠成

就像走进教科书的字里行间……

时代的巨大隐喻

我在可以反复回放的视频中看她落地

我看见她像一只鸟那样伸展翅膀

在天空缓缓地飞，缓缓地飞

又像秋天的一片落叶，在风中自由自在地飘

还像骑扫帚的小魔女，她骑着那把

发光的扫帚，飞向远方

把我们扔在不知所措和目瞪口呆中

当镜头对着她和天空，天空蓝得那么纯粹

仿佛故意不让她与云朵混淆

然后我们看见了那两根气势磅礴的烟囱

那四个胖胖的，被西方某些聪明先生

怀疑为核电站的冷却塔

我的思绪骤然变得严峻起来，因为我想起了

工业朋克这个词，想起了公元前一万年

被大洪水淹没的亚特兰蒂斯

我曾亲眼看见那座钢厂的大拆卸和大搬迁

我知道两根烟囱和四座冷却塔

作为遗存，已成为一个时代的巨大隐喻

我看见她背对着我们落地，跳台最后的斜坡

稳稳地托住了她，就像托住一朵雪花

她微微下蹲很快便站直了

滑雪板带着她哗哗地向前走，如同识途的一匹马

驮着她回家

是啊！恐惧顿成云烟，属于她的时代开始了

2022年2月11日—14日　北京南沙滩

大　船

一

它来了！此时艳阳高照，大海一望无垠
天空忘乎所以地蓝，炉火纯青地蓝
大地安静得让人感到有点
恍惚，有点莫名的忐忑和恐慌；而漾动的海面
渐渐有了上升的感觉，渐渐向四处漫涌
仿佛一头巨大的鲸就要
浮上来，某件伟大的事物就要揭开它
神秘的面纱。远方的海面就在这时浮出一个
黑点，那黑点一开始是那么地小
那么地模糊，如同镜头里被溅上一滴污渍
海洋上漫无目的地漂来一个浮标
说话间那黑点就大了
而且越来越大，越来越大，就像从海那边
漂过来一棵树，一只小木筏
一个荒废的茅草屋顶；但它坚定不移地
漂过来，不可置疑地漂过来
走近了人们才发现，它不是漂，也不是移动
而是劈波斩浪，谁也不可阻挡地
向前推进，向前奔腾
就像勇往直前地靠上来一座岛
一架高耸的

山，一片辽阔的一马平川的陆地

是一艘船！一艘排山倒海驶过来的大船……

二

一艘大船从远处驶来，排山倒海地驶来
它足足有几十层楼那么高
像一座城那么壮阔，那么瑰丽和繁华
一片江山那么敦实
和沉稳。如果是夜晚，它灯火
明亮，琼楼玉宇，如同一片移动的星空

一艘大船从远处驶来，坚定不移地驶来
人们突然被它的庞大，它的雄伟
和俊俏，它的气宇轩昂
震撼了！然后在喜极而泣中昂起头
向它致敬，虔诚地行注目礼
孩子们用泉水洗过的声音
一遍遍歌唱，一把把向它抛撒鲜花
一艘大船从远处驶来
我们看见的是一座宽广的
灿烂辉煌的大陆桥，一条新世纪
车辚辚马萧萧的秦皇驰道
从大海深处
骄傲地伸过来，铺过来，靠上来

三

我就在这艘大船上。我们一个国家的人

一个民族的人，一片土地上的人

一个时代的人，都在这艘大船上

我们的船一次次靠岸，一次次卸下昨日的负累

又一次次启程，迎来一个又一个

崭新的黎明

正是这样！过去的苦难、泪水、歌哭

过去的焦虑和迷茫

皆为序章，就像夏日的酷烈

秋日的苍凉，冬日的苦寒

注定要成为春天的铺垫

托起百花盛开。虽然我们的航程

云谲波诡

每一程都布满旋涡和深渊

就像来时的路上我们穿过那片奔涌的

云水翻腾的海域，它用压低的风暴

用大海与天空渐渐重合的

两扇巨大的磨盘

汹涌澎湃地摇晃，雷霆万钧地劈砍和碾压

乘坐这艘大船在大海航行

我们感到天地翻覆，仿佛坠落的一颗

又一颗星星，滑进两扇巨大的磨盘

在剧烈旋转中

我们晕眩，我们翻江倒海地呕吐

我们命悬一线，生不如死

但仍然死死咬牙坚持，就像我们的父辈

跋涉在雪山草地的饥饿和寒冷里

厮杀在遮天蔽地的

火焰中。我知道在征途中我们必须接受这种

摧残和打击，必须忍住悲伤

让风暴把自己磨成一粒珍珠

四

大船之大，是大国的大，大地的大

大势的大，大业的大

海纳百川的大，包含大家、大众、大气、大局

大政、大略、大义、大同、大运、大敌

也包括大风大浪，大开大阖

大道通天；如果追溯得更远一些

还可以是源远流长的

大秦、大汉、大唐、大宋、大元

大明和大清……

而大船的船，就是我们搭乘的这艘

栉风沐雨的船，乘风破浪的船

你看它有多么伟岸的身躯

多么强健的体魄

多么忠心耿耿情意绵绵的一颗

大心脏。它硕大的龙骨和避雷针般高高举起的桅杆

是莽莽苍苍的昆仑，白雪皑皑的

喜马拉雅；坦荡而坚固的甲板上

欣欣向荣，光荣地站着

我们勤劳勇敢的祖先，我们百折不挠的父辈

我们视死如归前赴后继的英烈

我们黄皮肤黑眼睛

生生不息的子孙。我们这个国家

这个民族，如此威风凛凛地

在大船上挺立，就是要理直气壮地告诉世界

我们风雨同舟，我们众志成城

我们用五千年昏天黑地的

徘徊，盘桓，冲撞，不断地重整山河

清点人数，就是要手拉手

肩并肩，气吞山河地

前进！因为我们十指连心，血浓于水

在走向未来的道路上，一个都不能少

五

那个冬天风声鹤唳，突如其来的一场瘟疫

袭击了我们版图中心的一座大城

城里和城外的人

惊恐万丈；即使在千里之外，即使坚壁清野

即使忍心把道路挖断，把邮路隔开

甘愿作茧自缚

也无法挣脱被追踪和被围困的厄运

这时候我们多少有些落寞，有些恐慌

这时候我们再一次发现，我们

地大物博，我们人杰地灵

但我们谁也无法选择，无法逃避

因为我们命运与共，乘坐在

同一艘船上，谁也

离不开谁；这时候，我们蓦然发现

我们每天在自己的土地上

站立和行走，每天大口大口呼吸

都离不开陌生的你

——从来没有见过面，说过话，点过头

每天随汹涌的人群

迎面走来的你；离不开从乡村走进都市

砌墙的你，搬运的你，送快递

送外卖的你；凌晨四点钟

起来扫大街的你；脸上黑黢黢的

蜷身在黑暗的巷道挖煤的你

更离不开戴着厚厚的口罩和护目镜

穿着防护衣，如同突然造访的

太空人，在深夜的ICU

与死神争夺生命的你……

然后。我们中那些勇敢的人，忘我的人

心里装着天下的人，那些

慷慨赴死，不惜以命

换命的人

集体出发了，从乌云翻滚的天上出发

从死神喧嚣的隔离室出发

从生命的溃口处

泛滥处，死神的幽灵频频出没处

出发，就像发动一场战争

我们发动了一场声势浩大波澜壮阔的

反围剿、反追踪和反侵略

现在你知道，最初我们胜利了

最终我们的大地也将

春暖花开，河清海晏

铺天盖地飞来的燕子，正在我们的田野

高一声低一声地啄着新泥

六

一艘大船应该是一部卷帙浩繁的史书

一部浓缩天地精华的时间简史

一尊巨大的陈放在人类博物馆里的

活化石。我们钻木取火

我们结绳记事

我们从匍匐在地到直立行走

经历了多么漫长的岁月，品尝过多少悔恨

和屈辱。当我们懂得命运与共

懂得一个国家的人，一个民族的人

一个时代的人，其实是

一条船上的人

我们的生存和奋斗，其实是同船共渡

这意味着一个国家，一个民族

一个时代，在风浪中

涡流中、颠沛流离的苦难中

成熟了，强健了，有了顶天立地的一副筋骨

我们朝气蓬勃地向前走

留给世界的，永远是一个背影

七

是的！没有经历过惊涛骇浪的一艘船

不能成为大船；没有发生过倾斜

下沉，突然大面积漏水

然后以无数双手扶正，用无数颗头颅封堵

最终化险为夷的一艘船

也不能。当一艘大船行驶在茫茫大海

即使有最宽阔的甲板

最坚固的船身，也难免不成为一片

孤零的落叶，一朵漂流的泡沫

一艘大船走千里，走万里

怎能不遭遇江洋大盗？怎能不被强人

侵占、掠夺和蹂躏？

因为你曾经那么富庶，那么

人杰地灵；你的领土和疆域

那么宽广和深厚，一匹马跑三天也跑不到尽头

怎么不被人觊觎、嫉恨和垂涎欲滴？

接着嗡嗡嗡嗡，苍蝇一样

飞过来，疯狂吸你的血，噬你的肉？

作为一艘船的主人，就在这个时候
站了出来！他们是船上的水手
船上的掌舵人，划桨人
枯水时节攀上岸边的巉岩，弯下腰
赤身裸体拉纤的人。他们懂得
唯有揭竿而起
唯有把鲜血喷溅在甲板上、栏杆上
和轮机上；唯有用生命润滑
船上的齿轮、船舷环环相扣的锚链
这艘船才不至于沉没
英雄就在这个时候诞生了！一艘船的
日志和传奇
就是这样一笔一笔书写的

当一艘船驶过浩渺的太平洋
驶过凶险莫测的大西洋
驶过印度洋、北冰洋，驶过竖起来也有珠穆朗玛峰
那么高的马里亚纳深渊
当一艘船穿越十万里
闪电和雷霆
百万亩狂风暴雨，怎能不伤痕累累？
它披荆斩棘的船艏怎能不被
冰山撞过？它高昂的塔台和桅杆怎能不被
沉雷劈过，被巨浪砍过？

还有它水下的部分

试问有哪艘船没有触过礁，搁过浅？

没有被深深浅浅的海沟

卡住过腰身？

一艘船之所以成为大船

就因为它经历过大颠簸、大动荡、大惊险

一艘船一次次死里逃生，一次次驶向

胜利的彼岸，就因为它

看尽千帆，满载对这个世界的大爱和大美

八

小水沟里走不了这样一艘大船

浅浅河湾停不下这样一艘大船

这漂浮的陆地，远航的国家和梦想

这行走的永不沉没的铁

必定要走向

远方，走向深蓝，走向大海星辰

看啊看啊，我们搭乘的这艘大船

又一次

从黎明启程，正迎来又一次日出！

2021年6月28日—7月8日　北京南沙滩

2022年5月23日　修改定稿

附录

用诗歌触摸刀尖上的锋芒

——答《中华读书报》记者舒晋瑜问

　　2010年10月，军旅诗人刘立云的诗集《烤蓝》获第五届鲁迅文学奖诗歌奖。评委会认为，刘立云的作品格调积极向上，水准很高，既有对部队生活通透的理解，也有对历史独具诗性意义的捕捉和探究。《烤蓝》把人民军队这个整体和诗人个人的形象十分巧妙而自然地融合在一起，表达出对军队的热爱之情和身为一名军人的自豪。

　　"55年的生命旅途，有37年是在部队走过的，而且还将继续走下去，直到终老一生。"刘立云在诗集《烤蓝》自序中写道。他说："我们军人所用的一切武器，无论是枪管还是炮管，在制造过程中，都必须经过烤蓝这道工序。这正应和着军人成长的历程。换句话说，军人的一生，其实就像他们的武器被烈火烤蓝那样，始终被烈火烤着。我想说出来的，就是那种蓝。"他认为，诗人的一生，就应该不断地挑战难度，不断地打碎和扬弃，不断地作茧自缚和浴火重生。

　　多年来，刘立云以"在场"的审美视角，对战争、和平、历史以及军旅人生进行一种本质性的"亲历"思考，以独特的语言和深刻的思想，对战争中的人性及和平年代军人的本质进行深入思考，发出铿锵有力的声音。此后，他陆续出版了《金盔》《大地上万物皆有信使》等诗集，前者是刘立云1984年至2019年创作的军旅诗集，后者收入短诗80首和描写战争的长诗3首（《黄土岭》《金山岭》《上甘岭》），既面向了时间本体和历史命题，也展示了诗人的胸襟和诗歌的万千气象。

一个人可以不是诗人，但不能缺少一种诗意的情怀。诗人林莽认为，中国诗歌有两只翅膀，一是我们几千年来的中国古典文学这只翅膀，二是近百年来我们不断向先进文化和先进艺术学习的另一只翅膀。刘立云最突出的是军旅诗歌，有其个性和独到之处，他的诗歌中体现了这两只翅膀。

舒晋瑜：我注意到了，您的诗歌创作从一开始就关注国家、民族和人类命运。

刘立云：这和我的个人经历、所受的教育等各方面都有关系。虽然我的故乡是一个偏僻的乡村，但离当年"朱毛会师"的县城龙市镇只有五里，距井冈山著名的茅坪和茨坪，走路分别只需半天和差不多一天。我到县城读初中，我们的校园就在当年"朱毛"第一次会见和之后用来做红军教导队的龙江书院。初中上了不到一年，学校宣布关闭，因为龙江书院作为红军教导队旧址，必须恢复原来的样子，用来接待从世界和全国各地像朝圣般涌来参观的人。换句话说，当我还是一个十来岁的孩子，井冈山斗争的历史就是中国革命的历史，为人民打江山不惜抛头颅、洒鲜血等等这些政治概念，就不知不觉地渗透到了血液中。

1972年，我在省城南昌当兵。南昌也叫英雄城，1927年8月1日老一辈共产党人周恩来、贺龙等在这里发动武装起义，建立了人民军队。歌颂井冈山斗争和在南昌创立的人民军队，在很长一段时间，成了江西省文学创作主流的主流，核心的核心。1984年，当我走到《解放军文艺》诗歌编辑的位置，这种关注国家和民族命运的家国情怀，不仅成了我自己诗歌创作的主体和中心，而且成了我这个岗位必须坚持和坚守的方向。这是军旅诗创作的底色和历久弥新的传统。换句话说，坚持爱国主义和革命英雄主义，是我们赖以生存的生命线。

　　舒晋瑜：很多作家都是自诗歌起步，写着写着就转行了，或终止了，为什么您对诗歌的热爱这么持久专一？

　　刘立云：我热爱诗歌的持久专一，与我长期担任《解放军文艺》诗歌编辑密切相关。当我还是一个在蹒跚学步中苦苦追求诗歌的部队业余作者时，我就把李瑛、雷抒雁和程步涛这三个部队诗人引为翘楚，对他们敬仰有加。忽然有一天，我也成了《解放军文艺》的诗歌编辑，你说我会感到多么神圣，多么战战兢兢，多么如临深渊如履薄冰？因为《解放军文艺》诗歌编辑的这把椅子，正是李瑛、雷抒雁和程步涛坐过的。如果是四个人的长跑，程步涛直接把接力棒交到我手里，我跑最后一棒。因此，我在工作上从来不敢马虎，自身的阅读和写作也不敢松懈。

　　当我也成为一个说得过去的军旅诗人时，随着市场化的到来，军旅诗人和其他军旅作家一样，有的改写散文了，有的专攻歌词，有的当了官，有的转业回了地方，也有的自动退出竞争，整个军旅诗歌队伍渐渐出现门前冷落车马稀的状况。而我是《解放军文艺》的诗歌编辑，单独守着军事文学重镇的一条战壕，我感到自己退无可退，只好咬牙坚持下来。

舒晋瑜：非常喜欢您的《望着这些新兵》等一系列军旅题材的诗歌，真实、生动，对新兵的爱护和期望溢于言表。诗歌的创作灵感对于您来说，是触手可及的吗？

刘立云：《望着这些新兵》写于2009年，它是以我们这支军队开始现代化进程为背景，强调此时站在士兵面前的指挥员变了，最重要的是时代变了，他带出的兵，不允许是一群绵羊，而必须是适应现代战争的一群虎狼。他的带兵方法不免有些凶狠、暴躁，不惜让自己变成被士兵憎恨的人，目的在于把士兵的野性也即战斗力逼出来。我们这支军队确实走过了这样的历程：上世纪80年代，我们改革了军官的培养方式，不再从吃苦耐劳的士兵中提拔了，改为在高考中选拔有知识有抱负的青年学生，通过军校培训，毕业后派去部队基层任职。这样的机制改变了军队的知识结构，但从军校毕业的大学生与从农村入伍的士兵，明显存在情感和价值观的冲突。我一个仅读到初中的弟弟就是在这个年代去当兵的，我去新兵连看他，他扭过脸抹眼泪。我问他为什么哭，他说排长太凶了，训练时骂人，新兵在队列中做错动作时，排长用脚踢他们，揪他们的耳朵。这件事让我牢牢地记住了，十几年耿耿于怀。我写这首诗，就想揭示我们这支军队在这些年真实发生的蜕变。这是我们必须要走的路，必须付出的代价。虽然，多少有点残酷。

舒晋瑜：您的诗歌题材多样，关于《火器营》，我想是表达了一名军人在和平时代的警醒。这种反思来自什么？

刘立云：有一次我开车去北京西山脚下的闵庄路4S店办事，在路牌上突然看到了"火器营"三个字，马上浮想联翩。因为从住着的大屯路南沙滩开车去我工作的解放军文艺出版社上班，走西线必须路过北太平庄、小西天、太平湖、积水潭、新街口，目的地在平安里。想到这些地名的由来，还有它们的过去和现在，我想任何人都不可能无动于衷，何况我是一个军人，还是一个军旅诗人！看到与军事和战争相关的语词，特别是北京的这种具有深厚历史渊源的街名和地名，免不了心里一动，产生写诗的冲动。我的许多诗，都是这样被现实事物撞上枪口的。我要做的，是反复掂量，看它能不能写成一首诗，够不够写成一首诗；其次，是如何把它写成诗，再权衡把它写成诗后，是不是一首有新意的诗，有分量的诗。有的话，先三两句把当时的感受记下来，在以后的慢慢思考中，完成对一首诗的价值判断和艺术审美。《火器营》就是这样写出来的。

舒晋瑜：《上甘岭》发表于2017年的《中国诗歌》，后获得闻一多诗歌奖，很少有诗人能够以长诗的形式书写一场战争，您写作的初衷是什么？

刘立云：《上甘岭》发表于2017年《中国诗歌》8月号，是这年的上半年写的。由美国人1952年10月14日在朝鲜发起的这次战役，本来是一场他们只投入两个营并试图速战速决的局部战斗，旨在把他们的阵地向前推进1000多米。但他们低估了志愿军依据坑道坚守到底的决心和战斗

471

力，把一次小规模的战斗打成了一次战役。说到底，这是经历过抗日战争和解放战争的那支中国农民军队同美国用飞机大炮武装起来的现代化军队，进行火星撞地球的军事大比拼，大较量，不说我军取得了彻底胜利，起码可以说打了一个平手。不能不说这是一个奇迹。

我写这首《上甘岭》并非心血来潮，而是希望以诗歌为触须和媒介，对那场惊心动魄的战争，对中美两军唯一的一次战场大对决，还有对当下的国际政治、未来的战争格局，作出自己的判断，发出自己的声音。你可以说我天真、幼稚、不自量力。但我认为，一个诗人的心脏理应更大一些，理应有一定的纵深感；跳起来，也应该更强劲。面对当下这个瞬息万变的大时代，如果我们的诗歌甘于沉默，或者只满足于抒发内心的孤傲和小情调，可能难逃苍白的命运。

舒晋瑜：有评论认为，《上甘岭》"有简要的背景交代，有宏大的战争场面，有感人的局部细节"，我们很想了解您当时的创作状态是怎样的？在读者读来感动的诗句，是否首先感动了您自己？

刘立云：我是在悲愤中写完这首诗的。我想说明，当我们把血肉之躯投入到现代战争当中，这种战争无疑将血肉横飞，无比残酷和惨烈。公正地说，我们在上甘岭即使与美国人打成平手，也是理所当然的胜利者，只不过这场胜利是连美国人都感到胆寒的惨胜。在那场持续的连山上的岩石都要被炮火削去几米的剧烈炮战中，没有人能侥幸活下来。想到这一点，你的心不战栗吗？当我写到黄继光从容赴死的时候，我极力烘托个体生命在战争中的无常和渺小，强调上甘岭涌现的黄继光不是仅此一个，而是38个甚至更多。

舒晋瑜： 您的诗句甚至深入到战争双方的主将秦基伟和范弗里特的内心世界，我想不仅需要对战争的充分了解，也需要对作战双方的战术甚至心理有相当的体贴——

刘立云： 在我的心目中，从不同战场走来的范弗里特和秦基伟，都是好军人，好将军，他们勇敢、坚毅，身经百战，绝对忠于职守。但范弗里特作为二战名将的骄傲和狂妄却帮了他的倒忙，使他低估了我们中国人的智慧和战斗力。秦基伟作为上甘岭中方的最高指挥员，虽然最早是个农民，但经过二三十年的战争历练，已经脱胎换骨，成了那支军队和那一代人的战神。在全新的比过去任何一场战争都恶劣的环境中，他大事一肩，纵横捭阖，从容不迫。当他命令从太行山开始一直跟随自己的警卫连长王虏带着他贴身的警卫连增援上甘岭，没有任何的犹豫和婆婆妈妈。他知道战争打到这一步，连自己都要准备以身殉职。实话说，对这一代将帅，我读了太多他们的生平。我觉得中国革命之所以取得胜利，重要的一环，是因为长征和抗战使这一代指挥员，迅速走完了从农民到将军的路程。当他们带领千军万马战斗在朝鲜，意味着他们的心胸、谋略和胆识，已具备国际视野。

舒晋瑜： 您如何评价"战争三部曲"（《黄土岭》《金山岭》《上甘岭》）？

刘立云： 三首长诗是在二十二年中，因为不同的缘由写出来的，当时绝没有当成"三部曲"来写。巧的是每个战地都有一个"岭"字，如今放在一起，勉强说得上是三部曲。它们在我的诗歌创作中的意义是，分别写了古代、抗日战争和抗美援朝三个不同时期的战争，但军人忠诚、担当的保家卫国主题是一脉相承的。有一点必须指出来，长诗应该有深邃的思想，讲究哲学底蕴和精巧结构，不是篇幅拉得长一些就是长诗。像艾略特的《荒原》《四个四重奏》，帕斯的《太阳石》，聂鲁达的《马楚比楚山峰》，埃利蒂斯的《英雄挽歌》，才是标准的长诗。我这三首诗功夫下在战争本身，虽然在技艺上也做了一些尝试和探索，但还不是严格意义上的长诗。起码在文本上，我不能信口开河。

舒晋瑜：《金盔》是您三十五年军旅诗选。写了这么多年，回望自己的创作之路，一定很满意吧？

刘立云：《金盔》是我工作了三十三年的部队出版社在经历最严军改，军事文学出版陷入绝对低潮时，北岳文艺出版社主动邀我出版的一部诗集。我这么看重《金盔》的出版，一是那是地方出版社主动邀我出版的一部军旅诗集，说明我的军旅诗得到了一定范围，而且是超出军队读者圈的认可；二是出版一本军旅诗自选集，是包括我在内的许多军旅诗人梦寐以求的事；三是这本自选诗不仅体现了我几十年的殷殷付出，同时也能看到我几十年对军旅诗的成长和进步作出的努力，贡献的智慧。从这个意义上说，不问长短，我自己的诗自己都喜欢。

舒晋瑜：在《父亲是只坛子》《母亲在病床上》等诗歌中，我看到了您的另一种风格。这些诗歌读得我热泪盈眶！您的诗歌，无论是写军人，还是写亲人，都饱含深情，击中读者的内心。

刘立云：这类亲情诗我写得不多，是因为害怕触动心里的隐痛。像我这样一个农民子弟，自己走得越远，每当回首往事，心里便越空，越有一种说出来别人会认为矫情的东西。因为过去的那个人还在往事中，你往前走了，过去的环境和包括你的亲人在内的社会还停留在那里，而命运这个东西不断提醒你现实有多么冷酷，多么让人不堪。这容易让你的诗与你这个人总是处在精神分裂状态，不怎么让人愉快。这样的东西我以后还会写，不过接下来怎么写，是我必须考虑和在乎的。有一点不可避免，就是人们常说的"欲戴王冠，必承其重"。

舒晋瑜：《烤蓝》是一部关注军旅人生勇毅品格的作品，您以多年来"在场"的审美视角，用独特的语言对战争、和平、历史以及军旅人生进行一种深入的思考，让军旅诗在一种价值取向的观照下有了一个独特的精神品格。

刘立云：我将这本诗集取名为《烤蓝》，是因为军人所用的一切武器，无论是枪管还是炮管，在制造过程中，都必须经过烤蓝这道工序。这正应和着军人成长的历程。换句话说，军人的一生，其实就像他们的武器必须经过烈火烤蓝那样，始终都被烈火烤着。2010年，《烤蓝》获得第五届鲁迅文学奖，在鲁迅先生的故乡绍兴接受这项荣誉时，听到颁奖词是这样写的："把军人、军队、战争，用火焰般的词语表述出来；把命运、坚韧和错综复杂的情感表达得淋漓尽致。壮阔的诗句，惊涛拍岸，慷慨高歌，敲打出钢铁的声音。"我在心里长叹一声，说好啊，我的努力终于被认可了。

舒晋瑜：像《烤蓝》这样书写当代士兵真实生活和朴实情感的优秀诗歌，当代确实不多，您愿意谈谈对当代诗歌的看法吗？

刘立云：军旅诗与整个诗坛虽说遵循着同样的创作规律，但它以其鲜明的战争背景和英勇献身的主题而独树一帜。特别是它独自享有的崇尚英雄的价值观，使其他领域和题材的创作难以与它一致。从这一点上说，用军旅诗来要求其他领域和题材的诗歌创作，或者反其道而行之，都不是科学的态度。说到对当代诗歌的看法，我觉得无论数量和质量，都达到了盛世年代的空前繁荣，跟任何国家比，任何朝代比，都毫不逊色。但新诗毕竟是外来物种，经过学者们的大量翻译和介绍，在中国获得广泛传播和普及，促使中国新诗发育和发展迅速，大有后来居上的势头。但是，当我们在过去几十年中走完别人用上百年走过的路，包括新诗在内的西方文化对我们的影响也在减弱。换句话说，同中国的现代化走到今天，必须以中国创造取代中国制造一样，中国诗歌也到独辟蹊径的时候。因为我们自己走过的路，面临的时代，是崭新的，别人没有也不可能给我们提供破译的密码。唯有树立文化自信，积极破解中国政治和经济急剧发展的奥秘，中国新诗才能解决当下存在的同质化和碎片化问题，找到完全适合我们自己的道路，创作出有中国气派同时有世界水准的作品来。